古《こ》典《てん》から生まれた新しい物《もの》語《がたり》

恋《こい》の話

迷宮《めいきゅう》の王子

日本児童文学者協会・編
スカイエマ・絵

目次

このシリーズについて

この本に収《おさ》められているお話は、四人の作家が古典作品《こてんさくひん》からインスピレーションを得《え》て創作《そうさく》したものです。「古典をヒントに新しくつくられたアンソロジー」といいかえてもよいでしょう。

それぞれの物語《ものがたり》の最後《さいご》に、作者《さくしゃ》からのメッセージがあります。ここで、作家はどの古典作品をとりあげて執筆《しっぴつ》したのかを明かしています。それらは時代《じだい》や国を問わず、また、文学作品だけでなく、民話《みんわ》や伝説《でんせつ》など幅広《はばひろ》いジャンルからえらばれています。だれもが知っている有名《ゆうめい》な作品もあれば、あまり聞いたことのないものもあるはずです。どんな古典なのか、予想《よそう》しながら読んでみるのもおもしろいでしょう。

また、巻末《かんまつ》には、古典にふれる案内《あんない》として、解説《かいせつ》と本の紹介《しょうかい》ものせました。作品を読んで、その物語が生まれるきっかけとなった古典に興味《きょうみ》をもった読者《どくしゃ》は、ぜひ、そちらのほうにも手をのばしてみてください。

編者／日本児童文学者協会
編集委員／津久井惠、藤真知子、宮川健郎、偕成社編集部

すみれ

瀧《たき》羽《わ》麻《あさ》子《こ》

深呼吸《しんこきゅう》をひとつして、野花《のか》は古びた木製《もくせい》のドアをあけた。中へ足をふみ入れたとたんに、独特《どくとく》のにおいが鼻《はな》をかすめる。古い紙か、インクか、それともまた別《べつ》のなにかなのか、図書室はなんともいえないにおいがする。

入ってすぐ左手に、コの字形《じがた》のカウンターがある。一年生か二年生だろう、野花よりもだいぶ背《せ》の低《ひく》い女の子がふたり、本を二、三冊《さつ》ずつかかえてならんでいた。カウンターの向《む》こう側《がわ》には司書《ししょ》の先生がすわっている。児童《じどう》ひとりひとりが持《も》っている貸《か》し出《だ》しカードと、本の表紙《ひょうし》に貼《は》ってあるバーコードを機械《きかい》で読みとって、貸し出しや返却《へんきゃく》の手続《てつづ》きをするのだ。

いつものとおり、カウンターの横《よこ》を素通《すどお》りして、野花は奥《おく》の本棚《ほんだな》へと足を向けた。顔は正面《しょうめん》に向けたまま、目だけを動《うご》かして、左のほうをちらりと見やる。

これもいつものとおり、カウンターの内側《うちがわ》に、園田《そのだ》くんはいた。貸し出しの機械とは反対側《はんたいがわ》のはしっこに、司書の先生と背中《せなか》あわせにすわり、手もとに目を落《お》としている。なにか読んでいるのだろうか。もしかしたら、来月号《らいげつごう》の図書室だよりを書いているのかもしれない。

図書委員《としょいいん》の主《おも》な仕事《しごと》は、図書室だよりを毎月発行《はっこう》することと、司書《ししょ》の先生を手伝《てつだ》って本の貸《か》し出《だ》しと返却作業《へんきゃくさぎょう》をすることだ。昼休みと、二時間目と三時間目のあいだにある二十分休みに、ふたりずつ当番《とうばん》が決《き》まっている。園田《そのだ》くんは水曜日の昼休みにあたっている。

壁《かべ》に貼《は》ってある当番表《とうばんひょう》によると、もうひとりは六年生の男子のはずだけれど、忘《わす》れているのか、すっぽかしているのか、一度《ど》も姿《すがた》を見たことがない。園田くんのほうは、忘れもすっぽかしもしない。新学期《しんがっき》がはじまってから今まで、毎週欠《か》かさずカウンターにすわっている。

だから野花《のか》も、水曜日の昼休みにはかならず図書室に足をはこぶ。今日が六回目になる。左手に持《も》っている本が第《だい》五巻《かん》だから、まちがいない。

視線《しせん》に気づいたのか、園田くんがふと顔をあげた。

野花はあせってうつむいた。ほおが熱《あつ》い。頭がどくどくと鳴っている。もつれそうになる足をぎくしゃくと動《うご》かして、本棚《ほんだな》のあいだへ逃《に》げこむ。

三年生のとき、野花《のか》は園田《そのだ》くんと同じクラスだった。

ちょうど去年《きょねん》の今ごろ、はじめての席替《せきが》えでたまたまとなりになって、野花は少し緊張《きんちょう》した。園田くんはすでに、三年二組の人気者《にんきもの》になっていたのだ。足が速《はや》くてサッカーがうまく、でも物腰《ものごし》はおっとりとしていて、だれにでもやさしい。ほかの男子みたいに、くだらない冗談《じょうだん》をいってさわいだり、女子に意地悪《いじわる》をしたりもしない。おとななのだ。あとはなんといっても、顔がかっこいい。

となりどうしになっても、ふたりで話す機会《きかい》はしばらくなかった。授業中《じゅぎょうちゅう》に声をかけるわけにはいかず、休み時間は休み時間で、園田くんと仲《なか》のいい男子が机《つくえ》のまわりに集《あつ》まってくる。彼《かれ》らの輪《わ》の中にまじって、にぎやかにおしゃべりしている女子もいたけれど、野花にそんな勇気《ゆうき》はなかった。

はじめてまともに言葉《ことば》をかわしたのは、数日後だった。

「いつも本読んでるんだね」

話しかけられて、野花はとっさに身《み》がまえた。

教室で読書に没頭《ぼっとう》していると、ときどき男子にからかわれる。暗《くら》いとか、ガリ勉《べん》と

か、的《まと》はずれなことばかりいってくるのでうんざりする。野花《のか》にはちゃんと友だちがいるし、勉強《べんきょう》のために本を読んでいるわけでもない。幼《おさな》なじみの勇太《ゆうた》にいたっては、野花が本を持《も》って歩いているだけで、本の虫、と指《ゆび》をさしてはやす。野花のお母さんが勇太のおばさんに、うちの子は本の虫だから、と話しているのを聞いて以来《いらい》、その言いまわしが気に入ってしまったようなのだ。

「おもしろい？」

園田《そのだ》くんは首をかしげた。ばかにしているふうではなく、心から不思議《ふしぎ》そうだった。

「おもしろいよ」

野花は小声で答えた。

「ふうん。すごいな」

園田くんは感心《かんしん》したようにつぶやいた。

「おれ、だめなんだ。本読むと、すぐ眠《ねむ》くなってくる」

いいそえて、へへ、と照《て》れくさそうに鼻《はな》の頭をこすった。

「おもしろいよ」

なんといったらいいのかわからなくなって、野花《のか》はくりかえした。自分でも情《なさ》けなかった。けれど園田《そのだ》くんはにっこり笑《わら》って、うなずいてくれた。

園田くんが四年一組の図書委員《としょいいん》になったと知って、だから野花はおどろいた。いつから本が好《す》きになったのだろう。三年生のあいだは、少なくとも学校にいる時間には、本を読んでいる姿《すがた》は一度《ど》も見かけなかった。次《つぎ》の席替《せきが》えではなれてしまったあとも、野花は園田くんをこっそり目で追《お》っていたので、知っている。ちがうクラスになってからは、それもできなくなってしまったけれど。

こんなことなら、野花も図書委員に立候補《りっこうほ》すればよかった。委員会《いいんかい》は、新学期《しんがっき》がはじまって最初《さいしょ》の学級会《がっきゅうかい》で決《き》めた。それぞれ希望《きぼう》をつのり、定《てい》員《いん》を超《こ》えればじゃんけんをする。野花のクラスでは、放送《ほうそう》委員会や体育《たいいく》委員会の倍率《ばいりつ》が高かった。そこで負《ま》けると、掃除《そうじ》委員会や校則《こうそく》委員会といった、人気《にんき》のない委員会に割《わ》り振《ふ》られるはめになる。

図書委員の希望者《きぼうしゃ》も、すぐにはあらわれなかった。毎週の当番がめんどうそうで、敬遠《けいえん》されたのだろう。

ただし、野花《のか》がためらった理由《りゆう》はそこではなかった。その直前にたまたま廊下《ろうか》で勇太《ゆうた》とすれちがい、本の虫、と飽《あ》きもせずにいわれたばかりだったのだ。それでも掃除《そうじ》委員会《いいんかい》にくらべれば、図書委員会のほうが断然《だんぜん》いい。迷《まよ》っているうちに、前の席《せき》でひそひそと相談《そうだん》していた女子ふたりが、同時に手をあげた。なかよしどうし、同じ委員会に入りたかったようだ。割《わ》って入るのも気がひけて、野花はそのままあきらめた。

背《せ》の高い本棚《ほんだな》で天井《てんじょう》の蛍光灯《けいこうとう》がさえぎられているせいで、せまい通路《つうろ》は薄暗《うすぐら》い。野花はつきあたりで立ちどまり、正面《しょうめん》の書棚《しょだな》を見あげた。

『ハメリンナ国物語《ものがたり》』は上から三段目《だんめ》、野花の目の高さよりも少し上にならんでいる。深緑色《ふかみどりいろ》の背表紙《せびょうし》に金色の文字で、題名《だいめい》と巻数《かんすう》が記されている。全十巻《かん》のうち、野花が借《か》りている第《だい》五巻をのぞいた九冊《さつ》が、きちんとそろっていた。

この本を教えてくれたのは、園田《そのだ》くんだ。

図書室だよりの第一号《ごう》にのった、図書委員のかんたんな自己紹介《じこしょうかい》の欄《らん》に、名前やクラスや委員としての抱負《ほうふ》のほか、各自《かくじ》の「おすすめの本」も書かれていたのだ。図書委員《いいん》には読書家が多いようで、小学生が読むにはむずかしいような、本格的《ほんかくてき》な長編小説《ちょうへんしょうせつ》やおとな向《む》けの推理《すいり》小説も紹介《しょうかい》されていた。

園田《そのだ》くんがすすめている本を、野花《のか》はさっそく図書室でさがした。手にとってみて、またびっくりした。園田くんが図書委員になったというのも意外《いがい》だったけれど、それ以上《いじょう》だった。

どの巻《かん》もぶあつく、ずしりと重《おも》い。ページには細かい字がびっしりとならんでいて、さし絵は一切《いっさい》ない。ある程度《ていど》は活字《かつじ》になれていないと、とっつきにくいだろう。野花でさえ、はじめはゆっくりとしか読み進《すす》められなかった。どうやら園田くんは、けっこう本を読んでいるらしい。三年生のときの会話を思い起《お》こし、いつのまに、と野花は首をひねった。

そして、はっとした。

もしかしたら、まさにあの会話が、彼《かれ》が読書に興味《きょうみ》を持《も》ちはじめるきっかけになったのではないだろうか。

本棚《ほんだな》から抜《ぬ》きとった『ハメリンナ国物語《ものがたり》』の第《だい》一巻《かん》を、野花はそっとだきしめた。

それからカウンターに向《む》かった。園田《そのだ》くんが当番《とうばん》の日だった。できれば話したかったけれど、一組の子たちが何人かまわりに集《あつ》まっていたので声をかけそびれ、そのまま貸《か》し出《だ》しの列《れつ》にならんだ。

「ヒカルが図書委員《としょいいん》なんて、似合《にあ》わないよね」

司書《ししょ》の先生に本をわたしたとき、からかうような声が野花《のか》の耳に入った。

「はい、どうぞ。返却《へんきゃく》は四月二十日までね」

先生の声にさえぎられて、園田くんの返事《へんじ》は聞こえなかった。

その後も一、二回ほど、園田くんが当番の日に、仲《なか》のいい子たちがカウンターのまわりでわいわいさわいでいた。日ごろは図書室で見かけない顔ぶれだった。彼《かれ》らがぱったりと姿《すがた》を見せなくなったのは、先生が静《しず》かにするようにと注意《ちゅうい》したからだ。野花はなんとなくほっとした。図書室は、本を読む人間のための場所《ばしょ》だ。あるいは、本を必要《ひつよう》としている人間のための。

幼《おさな》いころから、野花は本が大好《だいす》きだった。両親《りょうしん》に聞いた話では、まだひらがなも読めないうちから、絵本をめくってはいつまでも見入っていたそうだ。幼稚園《ようちえん》のときにはすでに、小学校低学年向《ていがくねんむ》けの童話《どうわ》を読んでいた。とりわけ、お姫様《ひめさま》の出てくる話がお気に入りだった。彼女《かのじょ》たちはそろって美《うつく》しく愛《あい》らしく、紆余曲折《うよきょくせつ》を経《へ》てやさしい王子様と結《むす》ばれ、末永《すえなが》く幸《しあわ》せにくらすことになっている。読んでいるだけで、うっとりした。大きくなったらお姫様になる、と野花《のか》は宣言《せんげん》して、おとなたちを笑《わら》わせたらしい。

お父さんやお母さんがなつかしそうにその話をするたびに、野花ははずかしくてたまらなくなる。

お姫様になんかなれっこないと、野花はもう気づいてしまった。わたしはそんなに特別《とくべつ》な人間じゃない。美人《びじん》でもないし、お金持《かねも》ちでもないし、特《とく》にとりえがあるわけでもない。本の主人公《しゅじんこう》たちはみんな、たとえ傍目《はため》には平凡《へいぼん》で地味《じみ》に見えても、なにかしら隠《かく》れた才能《さいのう》や人並《ひとな》みはずれた能力《のうりょく》を持っているものだけれど、それもない。うきうきするような冒険《ぼうけん》も、めくるめく事件《じけん》も、わたしの身《み》には起《お》こりそうにない。

それでも、いや、だからこそ、野花は本を読むのだ。一心《いっしん》にページを繰《く》っているあいだは、現実《げんじつ》を忘《わす》れ、見たこともない景色《けしき》をながめられる。自由自在《じゆうじざい》に空を飛《と》んだり、動物《どうぶつ》たちと話したり、すばらしいごちそうを食べたりできる。

べつに、今の毎日がつらいわけじゃない。いやなこともあるけれど、楽しいこともある。でもやっぱり、物語《ものがたり》の世界《せかい》ほどにはきれいじゃないし、わくわくしない。なんというか、普通《ふつう》すぎるのだ。

たとえば勇太《ゆうた》や、園田《そのだ》くんのまわりに群《む》れている子たちなんかは、ちがうんだろうなと野花《のか》は思う。目の前にひろがっている現実《げんじつ》をめいっぱい楽しみ、心から満足《まんぞく》しているように見える。

きっと園田くんもそうだろう、と野花は考えていた。これまでは。

先週返《かえ》した第《だい》四巻《かん》を、野花は棚《たな》からとった。

『ハメリンナ国物語《ものがたり》』には、お姫様《ひめさま》は出てこない。主人公《しゅじんこう》はしがない農家《のうか》の娘《むすめ》だ。貧《まず》しいものの、仲間《なかま》たちとたすけあい、持《も》ち前《まえ》の勇気《ゆうき》と機転《きてん》で困難《こんなん》を乗《の》りこえる。王子様に見つけてもらうのを待《ま》つお姫様よりも、自分の力で世界《せかい》を切りひらいていく彼女《かのじょ》のほうが、今の野花には魅力的《みりょくてき》に感《かん》じられる。

空《あ》いたすきまに、読み終《お》えたばかりの第《だい》五巻《かん》を置《お》き、第四巻を両手《りょうて》で持《も》ちなおす。

左手でささえ、右手で表紙《ひょうし》をめくった。題名《だいめい》の書かれた扉《とびら》のところに、見覚《みおぼ》えのある押《お》し花《ばな》がはさまっている。

すみれだ。野花《のか》がつみとったときにはあざやかだった紫色《むらさきいろ》が、今はくすんでいる。

ふう、と小さく息《いき》がこぼれた。ぺたんこの花を指先《ゆびさき》でつまみあげ、本をとじてもとの位置《いち》にもどす。かわりに第五巻をとって、同じページにすみれをはさんだ。

返却《へんきゃく》された本を棚《たな》にもどすのは、図書委員《としょいいん》の役目《やくめ》だ。

これから返《かえ》すこの第五巻も、おそらく園田《そのだ》くんがここへ持ってくる。自分の好《す》きな本だから、棚に差《さ》し入れる前に、ぱらぱらとめくってみるかもしれない。押し花に気づいたら、だれがやったのかと不思議《ふしぎ》に思うだろう。同じ本を読んだだれかの気配《けはい》に、親しみを感《かん》じるかもしれない。そういう経験《けいけん》が野花にもある。貸し出《だ》し手続《てつづ》きをしてくれた司書《ししょ》の先生に、この本いいわよと目を細められたときや、野花が数年前に夢中《むちゅう》で読んでいた本を借《か》りていく、低学年《ていがくねん》の子を見かけたときなんかに。

第五巻を棚にもどそうとした園田くんは、次《つぎ》の巻が貸し出し中になっていることに気づくはずだ。そして翌週《よくしゅう》はいつもより注意《ちゅうい》して、返却《へんきゃく》カウンターを見守《みまも》ろうと決《き》める。そこへ野花《のか》が第六巻《だいかん》を返《かえ》しにゆく――。

わかっている。物語《ものがたり》のようなできごとは、現実《げんじつ》には起《お》きない。わかっているのに、なぜこんなふうにすみれをはさみつづけているのか、野花自身《じしん》にもうまく説明《せつめい》できない。ただ、第一巻を読み終《お》えたときに、読んだしるしを残《のこ》しておきたい、と唐突《とうとつ》に思いついたのだった。

野花はぱたんと本をとじた。両手《りょうて》に一冊《さつ》ずつ、今日返す第五巻と新しく借《か》りる第六巻を持《も》って、通路《つうろ》を引き返す。

カウンターでは、めがねをかけたたぶん六年生の女子が、司書《ししょ》の先生と小声でなにか話していた。後ろにならぼうと近づいた野花の背後《はいご》で、ほがらかな声がした。

「あ、ヒカルのおすすめだ」

ぎょっとしてふりむいた。一組の楠《くすのき》さんが、野花の手もとに視線《しせん》を注《そそ》いでいた。

「それ、おもしろい？」

にこにこして聞く。

楠《くすのき》さんが園田《そのだ》くんの幼《おさな》なじみだと聞いたとき、野花《のか》は妙《みょう》に納得《なっとく》した。ただよわせている空気が、どこか似《に》ているのだ。運動神経《うんどうしんけい》が抜群《ばつぐん》にいいところ、ひとあたりがやわらかくて友だちが多いところ、すらりと背《せ》が高く顔だちがととのっているところ、共通点《きょうつうてん》はほかにもたくさんあった。あまり本を読まなそうに見えるところも。

「うん」

野花はかすれ声で答えた。かすれ声しか出てこなかった。

「そう、よかった。ねえ、ヒカル？」

顔をあげると、園田くんがカウンターの内側《うちがわ》からこちらをうかがっていた。

「佐々木《ささき》さんがおもしろいっていうんだから、まちがいないよ」

楠さんが屈託《くったく》なくつづける。

「ヒカルもほんとに読んでみれば？」

ほんとに読んでみれば？

わけがわからず、野花は立ちつくした。いたずらっぽく笑《わら》っている楠さんと、彼女《かのじょ》をにらみつけている園田くんを、見くらべる。

「うるせえ」

園田《そのだ》くんが低《ひく》い声でいった。耳をほんのり赤くして、そのへんの男子みたいに乱暴《らんぼう》な口調《くちょう》で。

「なによ、感謝《かんしゃ》してよね。せっかくわざわざお姉ちゃんに聞いてあげたんだから」

楠《くすのき》さんがほおをふくらませた。昔《むかし》、野花《のか》の一番のお気に入りだった絵本に出てきたお姫様《ひめさま》に、横顔《よこがお》が少し似《に》ている。


図書室を出て、野花はのろのろと廊下《ろうか》を歩く。手に持《も》っている『ハメリンナ国物語《ものがたり》』第《だい》六巻《かん》が、ばかに重《おも》い。

全部《ぜんぶ》、野花のかんちがいだった。

園田くんは図書委員《としょいいん》に立候補《りっこうほ》したわけではなかった。体育《たいいく》委員を決《き》めるじゃんけんで負《ま》けてしまい、まだ定員《ていいん》に達《たっ》していなかった委員会の中から、しぶしぶえらんだだけだという。むろん、読書に目覚《めざ》めたわけでもない。図書だよりで本を推薦《すいせん》しなければならなくなって、こまってしまった。

そんな幼《おさな》なじみを見かねた楠《くすのき》さんが、読書の好《す》きなお姉さんに、なにかいい本はないかと相談《そうだん》したそうだ。

「小学生にはむずかしすぎるかもって、お姉ちゃんにはいわれたんだけどね。あ、うちのお姉ちゃん、中二なの」

楠さんは首をかしげた。長い栗色《くりいろ》の髪《かみ》がさらりとゆれた。

「でも、読めるひとにはちゃんと読めるんだね！」

すごいな、といった一年前の園田《そのだ》くんとそっくりの、無邪気《むじゃき》な笑顔《えがお》だった。

野花《のか》はあいまいにほほえみかえし、逃《に》げるように司書《ししょ》の先生に近づいた。第《だい》五巻《かん》を返《かえ》し、第六巻を借《か》りる。もはや続《つづ》きを読みたい気分でもなかったけれど、今さら本棚《ほんだな》へもどしにいくのは不自然《ふしぜん》だろう。なにより、一刻《いっこく》も早くその場《ば》を立ち去《さ》りたかった。

教室が見えてきたところで、とん、と背中《せなか》を軽《かる》く突《つ》かれた。

「よう、本の虫」

能天気《のうてんき》な声は無視《むし》して、野花は足を速《はや》めた。ふりかえる気にもなれない。

「また図書室？」

勇太《ゆうた》は野花《のか》の前にまわりこみ、へらへらといった。

「なに読んでんの？」

「あんたには関係《かんけい》ない」

野花はそっけなく答えた。おなかの底《そこ》から沸騰《ふっとう》するように、怒《いか》りがわいてきた。どうせ読まないくせに。この本の中にどんなに豊《ゆた》かな世界《せかい》がひろがっているか、知ろうともしないくせに。

「なんだよ、けち」

冷《ひ》ややかな返事《へんじ》が気にくわなかったのか、勇太は不服《ふふく》そうに口をとがらせた。野花の行く手に立ちはだかり、手もとをのぞきこんでくる。

「ん？　ハリメナ……？　ハメナリ……？」

首をななめにかたむけて、たどたどしくいう。今日にかぎって、いつになくしつこい。こっちは勇太の相手《あいて》をする気分じゃないのに。

「カタカナも読めないの？」

野花はいらいらしてさえぎった。どうして、とさけびだしたくなる。どうしてわたしの幼《おさな》なじみは勇太《ゆうた》なんだろう。不公平《ふこうへい》すぎる。

どうしてわたしは、わたしなんだろう。

「読めないわけないだろ、ばか」

勇太がむっとしたように答え、野花《のか》から本をひったくった。ばかはどっちよ、と野花はあきれる。

「ハメリンナ国？　って、どこ？　変《へん》な名前だな」

ぶつぶついいながら、勇太はぞんざいな手つきで本をひらき、ページをぱらぱらとめくった。

「あ、そっか、どこにもないのか。ただのお話だもんな」

「うるさい！」

気づけば野花は大声を出していた。

廊下《ろうか》をゆきかっていた同級生《どうきゅうせい》たちが、ぎょっとしたようにふりむいた。勇太も目をまんまるにしている。

「なんだよ？」

ぽかんとしていう。突然《とつぜん》どなりつけられて、腹《はら》を立てるというよりも、あっけにとられているようだった。

「なに怒《おこ》ってんの？」

野花《のか》は勇太《ゆうた》の手から本をうばいかえし、無言《むごん》で歩き出した。


翌日《よくじつ》の昼休み、野花はまた図書室へ行った。

「あら。もう読んだの？」

カウンターで手に持《も》っていた本を差《さ》し出すと、司書《ししょ》の先生が小さく声をあげた。

昨日《きのう》借《か》りたばかりの第《だい》六巻《かん》は、ゆうべおそくまでかけて読みきってしまった。興味《きょうみ》が失《う》せたと思っていたのに、いったんページを繰《く》りはじめたら、とまらなくなった。これまでみたいに、一週間かけてちびちびと読む必要《ひつよう》もない。

「おもしろかった？」

「はい」

野花はうなずき、いいそえた。

「すごく、おもしろかったです」

読みふけっているあいだ、昼間のできごとは忘《わす》れていた。本をとじ、現実《げんじつ》に引きもどされてからも、沈《しず》んでいた気分はかなり持《も》ちなおしていた。たまに園田《そのだ》くんや楠《くすのき》さんの顔が頭の中に浮《う》かんできても、物語《ものがたり》の続《つづ》きを想像《そうぞう》していれば、ぐずぐずと考えこまずにすんだ。

「そう。よかった」

ふんわりと口もとをほころばせた司書《ししょ》の先生に一礼《いちれい》して、野花《のか》はカウンターをはなれた。いつもの本棚《ほんだな》へと足を向《む》ける。第《だい》七巻《かん》を借《か》りるため、そして、第五巻から押《お》し花《ばな》を回収《かいしゅう》するためだ。

通路《つうろ》に足をふみ入れようとして、立ちどまった。つきあたりの棚《たな》の前に、めずらしく先客《せんきゃく》がいる。

とっさに回れ右しかけた。が、それより一瞬《いっしゅん》だけ早く、彼《かれ》がふりむいた。

「あ」

ふたり同時に、声をあげる。勇太《ゆうた》だった。

「なにしてんの？」

野花《のか》は思わず聞いた。勇太《ゆうた》は口を半開《はんびら》きにしたまま、答えない。よく見たら、手に本を一冊持《さつも》っている。深緑色《ふかみどりいろ》の表紙《ひょうし》に見覚《みおぼ》えがあった。

「それって」

野花の視線《しせん》をさけるように、勇太はさっと本を背中《せなか》の後ろに隠《かく》した。

「そんなにおもしろいのかと、思って」

顔をふせ、観念《かんねん》したようにもそもそという。薄暗《うすぐら》い中でも、耳が赤く染《そ》まっているのが見てとれた。

「なら、読んでみてもいいかなって……」

もじもじしながら、消《き》え入るような声でつづけた。聞いている野花のほうまで、なんだか照《て》れくさくなってくる。

「おもしろいよ」

気まずい空気を追《お》いはらうように、野花はきっぱりといった。それでも勇太がうつむいているので、

「勇太《ゆうた》には、ちょっとむずかしすぎるかもしれないけどね」

と、つけくわえた。

「は？　なんだよ、それ」

勇太がやっと顔をあげ、後《うし》ろ手《で》に持《も》っていた本を胸《むね》の前でかかえなおした。

「おれだって、本くらい読めるって」

「でも長いよ。全部《ぜんぶ》で十巻《かん》もあるんだよ」

「余裕《よゆう》。漫画《まんが》だったら、二十巻とか三十巻とか普通《ふつう》だし」

得意《とくい》そうに胸を張《は》ってみせる。漫画を読むのとはわけがちがう、と思ったけれども口には出さず、野花《のか》は本棚《ほんだな》に近づいた。勇太の横《よこ》にならび、第《だい》七巻に手をのばす。

「昨日《きのう》持ってたやつは、もう読んだの？」

「うん。今さっき返《かえ》した」

「さすが、早《はえ》えな」

いつもとはちがって素直《すなお》な声で、勇太がいった。

第七巻を左手に持ち、つづけて第五巻にさしのべかけた右手を、野花は思いなおしてひっこめた。

勇太《ゆうた》のことだから、ここまで読み進《すす》めるのにいつまでかかるかはわからない。ひょっとしたら、途中《とちゅう》で飽《あ》きてほうりだしてしまうかもしれない。

でも、すみれを見つけたときの勇太の顔を、できれば見てみたい。

予鈴《よれい》が鳴りはじめた。一冊《さつ》ずつ、おそろいの深緑色《ふかみどりいろ》の本を手に、ふたりはいそいそとカウンターへ向《む》かう。

◆作者《さくしゃ》より

たいていの女の子は、一度《ど》はお姫様《ひめさま》にあこがれるものではないでしょうか。すてきなドレスや、りっぱなお城《しろ》や、白馬に乗《の》ってやってくる王子様を夢見《ゆめみ》ます。ただ、その夢がいつまでつづくかは、かなり個人差《こじんさ》があるでしょう。三歳《さい》で興味《きょうみ》を失《うしな》うひともいれば、一生かけて運命《うんめい》の王子様を待《ま》ちつづけるひともいます。そして、あきらめたつもりでいながら、知らず知らずのうちに王子様をさがしているひとも。

魔法使《まほうつか》いの力を借《か》りなくても、なみはずれた美貌《びぼう》や豪華《ごうか》なドレスを持《も》っていなくても、ひとはひとと出会います。ガラスの靴《くつ》を見つけるのは、舞踏会《ぶとうかい》で短《みじか》い時間をすごした相手《あいて》とはかぎりません。遠くできらきらとほほえんでいる王子様を目で追《お》っているうちは視界《しかい》に入らなくても、冷静《れいせい》になってまわりを見まわしてみれば、いつもそばで見守《みまも》ってくれているだれかの視線《しせん》に気づくかもしれません。

ひとりでも多くの女の子が、シンデレラにも負《ま》けないくらい、（少し古めかしい表《ひょう》現《げん》ですが）末永《すえなが》く幸《しあわ》せにくらせるように、健闘《けんとう》を祈《いの》りたいと思います。

ロピンと握《あく》手《しゅ》

最上《もがみ》一平《いっぺい》

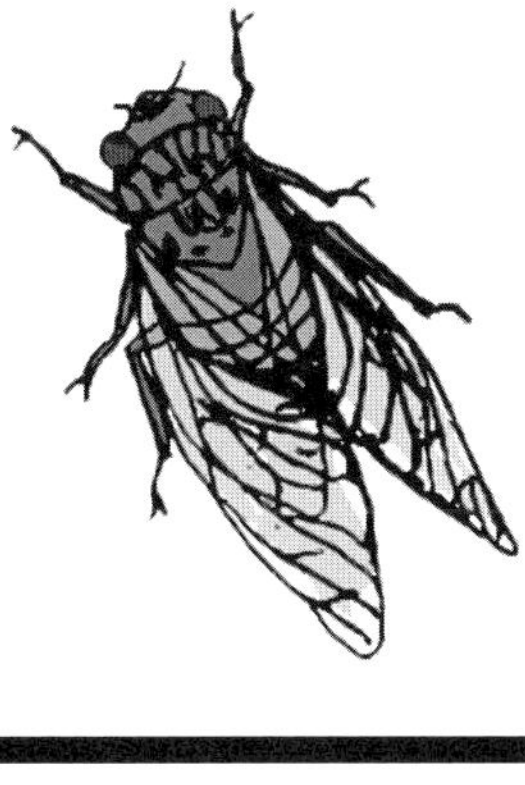

小早川《こばやかわ》さんの家に近づくと、セミの声が大きくなった。屋敷内《やしきない》に樹木《じゅもく》が多いからだろう。ひさしぶりに外に出た相沢空《あいざわそら》は、こんもりと茂《しげ》った小早川さんのへいのところで足をとめた。緑《みどり》の中に、西洋風《せいようふう》なとがった屋根《やね》が見えた。空《そら》の住《す》んでいる緑ケ丘《みどりがおか》三丁目《ちょうめ》では、いちばん目をひく建物《たてもの》だった。

空《そら》は、四年生のゴールデンウィーク明けから、学校に行っていない。原因《げんいん》は、空自《そらじ》身《しん》もはっきりとはわからないのだが、クラスメイトも先生も顔を見るのがこわくなった。そのうち、校舎《こうしゃ》に入ることもできなくなった。胸《むね》がドキドキして息苦《いきぐる》しくなってしまうのだ。学校を休むようになると、外に出るのもいやになった。

けれど、夏休みに入って、みんなも学校に行かなくなると、同じ条件《じょうけん》になったためか、空《そら》の気持《きも》ちも少し軽《かる》くなって、外にも出られるようになった。

セミの鳴き声は、ぶきみなほど大きいが、小早川さんの屋敷はひっそりとしていた。それもそのはず、ひとり暮《ぐ》らしをしていたおじさんが二か月ぐらい前に亡《な》くなって、空《あ》き家《や》になっているはずだった。どんなおじさんだったか、空《そら》は思い出すことができなかった。葬式《そうしき》のときにお母さんに聞いた話だが、小早川さんは、ロボットの人工知《じんこうち》能《のう》の研究開発《けんきゅうかいはつ》では、世界的《せかいてき》に有名《ゆうめい》な人だったという。おばさんは、三年ほど前にすでに病気《びょうき》で亡《な》くなり、ふたりには子どもも兄弟もおらず、ひとりになってからの小早川《こばやかわ》さんは、さみしい思いをしたのかもしれないわね、と、お母さんはいった。

そのときに聞いた「人工知能《じんこうちのう》」ということばが、ふとうかんできた。すると、へいの中から、突然《とつぜん》ガシャンとガラスでもわれるような音がした。つづいてまた、物音《ものおと》とともに人の声がした。

小早川さんの玄関《げんかん》の方にまわってみると、門の前に、くつやかさのようなものや、本やいす、衣類《いるい》や台所用品《だいどころようひん》などが、山積《やまづ》みになっていた。ヘルメットをかぶった人が、家の中からタンスなどを持《も》ち出して、近くにとめてあるトラックにつめこんでいる。

空《そら》にはめずらしく、スラッとことばが出た。見ず知らずのおじさんだったからかもしれない。

「引っこすんですか」

「引っこしじゃないよ。処分《しょぶん》するんだよ。廃棄《はいき》。つまり、家の中のゴミをかたづけているところ」

ヘルメットのおじさんは、家の中にもどっていった。

玄関前《げんかんまえ》のゴミの山を見ると、空《そら》は胸《むね》の中をぎゅっとにぎられたように、ドキッとした。ゴミの山の下の方から、まっ白な手が、握手《あくしゅ》を求《もと》めているようにつきだしていた。小さなおもちゃの手だったが、手首も指《ゆび》の関節《かんせつ》も、精巧《せいこう》にできていて、手の形には表情《ひょうじょう》のようなものがある。「たすけて」といっているようにも、「わたしはここよ」といっているようにも思えるのだ。

さっきのおじさんが、ふくろにつめたものを持《も》ってきて、玄関先のゴミの山につみあげた。

「これ、すてちゃうんですか」

「ああ、そうだよ。全部《ぜんぶ》、廃棄処分《はいきしょぶん》だから」

「これ、ぼくもらっていいですか」

と、空《そら》は白い手を指さした。

「どらどら、あぶないからさがってろ。ないしょだぞ。特別《とくべつ》にやる」

おじさんは、上にのっていたものを力まかせにどけた。すると、手だけではなかっ

た。胴体《どうたい》も頭も、足もそろった人型《ひとがた》のロボットが姿《すがた》をあらわした。四十センチぐらいはあるかもしれない。

「はいよ。やるけれど、そのへんにちらかすなよ。もう行った行った。あぶないかな」

「ありがとうございます」

空《そら》は、ロボットを受《う》けとった。思った以上《いじょう》にずっしりとする。硬質《こうしつ》プラスチックでできているのだろうか、手にしっとりとすいついてくるようだった。

家に帰って、空《そら》はすぐにロボットをそうじした。タオルでみがくと、すぐにきれいになった。全身《ぜんしん》はクリームがかった白で、顔がやわらかいピンク。目はまるくて大きくて、ブルー。顔の中央《ちゅうおう》がでっぱっているので、鼻《はな》のようだ。その下に、小さな三日《みか》月形《づきがた》の口がある。口もブルー。

空《そら》はみがきあげると、机《つくえ》の上にすわらせてみた。足のつけねをゆっくりと動《うご》かすと、ロボットは足を投《な》げ出したようなかっこうで、ペタリと机の上にすわった。

小さな口が三日月形なためか、かすかに笑《わら》っているようにも思うし、右手が握手《あくしゅ》を求《もと》めているポーズをしているので、「やあ」といっているようにも思う。

あのままゴミになっていたら、どうなっただろう。どこかにうめられたか、焼却炉《しょうきゃくろ》で燃《も》やされてしまったかもしれない。そう思うと、空《そら》は、ロボットをたすけたようで満足《まんぞく》だった。

「こんにちは。ぼく、空《そら》だよ。相沢空《あいざわそら》」

空《そら》は、ロボットの右手を軽《かる》くにぎって、握手《あくしゅ》した。

「そうだ。おまえに名まえをつけてやるよ。なにがいいかな。ロボットで、顔がピンクだから、ロピンにするよ。どう?」

名まえをつけてやると、急《きゅう》に人形《ひとがた》ロボットが身近《みぢか》に感《かん》じられた。学校に行かなくなってから、親以外《いがい》の人とは、ほとんど話したことはなかった。話しかけても、机《つくえ》の上のロピンは、なにも答えないところがいい。話しかけたりしてこないところがいい。ぴくりとも動《うご》かないところがいい。空《そら》は安心《あんしん》な気分だ。知らず知らず話したくなった。

「ロピン、おまえ、小早川《こばやかわ》さんちにいたんだよな。なにしていたの。小早川さんがおまえを作ったのか」

ロボットに性別《せいべつ》などあるのだろうか。おだやかな顔の感《かん》じや、顔のピンクが、女の子のように思えなくもない。

「ロピン、昔《むかし》は動《うご》いていたの？」

空《そら》は、ロピンに質問《しつもん》して想像《そうぞう》してみるが、ほとんどわからないことばかりだった。そこがまた、わくわくするところでもあった。

数日後の夜、空《そら》はロピンの首のうしろに小さな突起《とっき》があることに気がついた。見ただけではわからないぐらいのでっぱりだった。なんだろうと思って、空《そら》はなにげなくおしてみた。すると、ロピンが声を発《はっ》した。

――ヨビバッテリー、ジュウデンチュウ。ヨビバッテリー、ジュウデンチュウ。

空《そら》はあまりにもおどろいて、ロピンをほうり投《な》げてしまった。ザワザワザワッと、とりはだが立った。なんなんだ。おそるおそるロピンをひろいあげ、ベッドの上においた。ブルーの目に光がともって、だんだんと光が強くなってきた。

――キノウ、テンケンチュウ。キノウ、テンケンチュウ。

「ウワッ、しゃべった！　ほんとかよ」

おそるおそる空《そら》は、ベッドのロピンをのぞきこんだ。ブルーに光る目が、ロピンの表情《ひょうじょう》を一変《いっぺん》させていた。ロボットだから、そんなはずはないのに、命《いのち》がやどったような感《かん》じだった。

ロピンの首が左右に動《うご》くと、次《つぎ》の瞬間《しゅんかん》、腹筋運動《ふっきんうんどう》でもするように上半身《じょうはんしん》を持《も》ちあげて、ベッドの上にすわった。

「動いた！」

またも、とりはだが立ち、全身《ぜんしん》がゾワゾワッとした。

「動けるの？」

するとロピンは、顔をゆっくり空《そら》の方にむけた。

「はい動けます。ただし、不具合《ふぐあい》が生じているところがあるようです」

「不具合？」

「ある部分《ぶぶん》に故障《こしょう》が発生《はっせい》している可能性《かのうせい》があります」

「話もできるんだ」

「もちろんです。もともとわたしは、小早川《こばやかわ》まりこさんの話し相手《あいて》をするために作られました」

すると、ロピンの正面《しょうめん》のかべに映像《えいぞう》があらわれた。ロピンの目には、映写機《えいしゃき》の機能《きのう》があるらしかった。庭《にわ》のまるいテーブルでお茶を飲《の》んでいるおばさんが、映《うつ》し出された。

「この方が、小早川まりこさんです。まりこさんはお子さんがほしかったのですが、どうしても子どもはできませんでした。わたしは娘《むすめ》がわりに作られたんです」

画面《がめん》が切りかわった。まりこさんは、ベッドに横《よこ》になっている。おだやかなまなざしをロピンにむけているようだった。

「ふうん。この人がまりこさんか。ぼくは空《そら》だよ。おまえに名まえをつけたんだよ。ピンク色の顔のロボットだから、ロピンだよ」

「はい、わかりました。わたしはロピンです」

「すごいね。すぐ理解《りかい》しちゃうんだ」

「はい。わたしの頭脳《ずのう》は最先端《さいせんたん》のコンピューターチップが内蔵《ないぞう》されています。それに、頭脳《ずのう》の中枢《ちゅうすう》のマザーピースは、みずから学んでいくシステムが採用《さいよう》されています」

「なんだかよくわからないけれど、すごいね」

「小早川博士《こばやかわはくし》の研究《けんきゅう》のすべてが、わたしにそそぎこまれました。博士は、まりこさんが、もうあまり長くは生きられないとわかったときに、せめてロボットの子どもとでも、話をさせてやりたかったのです。そして、一日でも長く生きてほしかったのです」

映像《えいぞう》は、ベッドのまりこさんと博士の姿《すがた》になり、ふたりは笑《わら》いあっていた。

「とうとうまりこさんは亡《な》くなり、わたしの役目《やくめ》も終《お》わりました。三年近くたって博士も亡くなりました。そしてわたしも、ねむりについたというわけです。けれど、スイッチを入れていただいたので、先ほど予備《よび》バッテリーが作動《さどう》したわけです」

「話し相手《あいて》をするロボットだったのか」

「空《そら》さん、空《そら》さんのこと、教えてくれませんか」

「ぼくのこと？」

「はい」

「四年生だよ。ゴールデンウィークのころから、学校に行っていないんだ」

空《そら》は、びっくりしてしまった。人と口をきくのがいやで、お母さんやお父さんとだって、必要《ひつよう》なことしかしゃべらない。でも、ロピンには、すんなり話をすることができた。ロピンは人ではなく、ロボットだから、気楽なのだろうか。

「どうして、学校に行かないの？」

「人と会うのが、いやなんだ。どうしてかはよくわからないけれど、とってもいや。こわいのかなあ……」

一週間ほどたつと、空《そら》は、ロピンとだけは、ふつうに話せるようになった。話をするようになると、空《そら》は体が軽《かる》くなったような気がして、おかわりをするぐらい食欲《しょくよく》も出た。なにを食べてもおいしくなかったのに、カレーやハンバーグが食べたくなった。

ロピンは話をするだけでなく、二足歩行《そくほこう》もでき、バランス感覚《かんかく》もバツグンで、めったなことではひっくりかえらない。歩くとき、足の運《はこ》びといっしょに腰《こし》をリズミカルに落《お》とすしぐさは、ちょっとこっけいで愛《あい》らしい。右手だけは、ひろってきたときと同じように、握手《あくしゅ》を求《もと》めているようなかっこうのままで、そこだけが故障《こしょう》しているらしかった。

空《そら》は、ゆいいつ動《うご》かないロピンの右手を、ときどきにぎって軽《かる》くふった。

「握手《あくしゅ》、握手」

ただそれだけなのに、空《そら》はシャレがウケたように、心がパッとはなやいだ。けれど、ロピンには、握手という行動《こうどう》も意味《いみ》も理解《りかい》できるが、空《そら》の喜《よろこ》びまではつたわらないようだった。お母さんやお父さんには、ロピンのことはないしょにしているが、空《そら》にとって、ロピンの存在《そんざい》はなくてはならないものになった。

ある日、ロピンがいった。

「わたしも外に出てみたいです」

ロピンの願《ねが》いだったら、一も二もなくかなえてやりたかった。それに、外につれだすことなど、たやすいことだった。

「いいよ。行こう！　ぼくが案内《あんない》してやるよ」

するとロピンは、ぴょんとジャンプして喜んだ。空《そら》は、ロピンが喜んだのでうれしいし、デイトするようで、それもうれしかった。

午後、まだ暑《あつ》かったが、空《そら》はまちきれず、ロピンをリュックに入れて自転車《じてんしゃ》に飛《と》び乗《の》った。自転車《じてんしゃ》に乗るのもひさしぶりのことだった。

リュックからはロピンの頭が出ているが、めだたないし、不審《ふしん》に思う人はいないだろう。

「ロピン、行くよ」

「オーケー！」

「ジージー鳴いているのは、アブラゼミだよ。ミンミン鳴くのは、ミンミンゼミ」

「はい。実物《じつぶつ》の声を、初《はじ》めて確認《かくにん》しました」

「黄色いまるいのが、ヒマワリの花。オレンジのが、オニユリだったと思うよ」

「はい。データとしての認識《にんしき》はありましたが、実物はあざやかです。形も、色も。かおりも。それに、風にゆれています。なんて多様《たよう》。『美《うつく》しい』のことばの意味《いみ》がわかりました」

ロピンはリュックサックの中で、ぴくぴくと動《うご》いた。手足を動かして、とびはねているのかもしれなかった。

「青、黄色、赤。信号《しんごう》でーす。今は、青だから進《すす》め」

空《そら》は、自転車《じてんしゃ》を走らせた。

「ここが、ロピンが前にいた小早川《こばやかわ》さんちだよ」

空《そら》は自転車をとめて、玄関《げんかん》の方をのぞいてみた。門にはロープがはってあって、立ち入り禁止《きんし》の札《ふだ》がさがっていた。ロピンが見やすいように、空《そら》は背中《せなか》のリュックを少し持《も》ちあげてやった。

「ロピン、見える？」

「はい。よく見えます。庭《にわ》はそうとう荒《あ》れています。二階《かい》の東側《ひがしがわ》がまりこさんの部屋《へや》で、そのとなりが小早川博士《はくし》の書斎《しょさい》です。書庫《しょこ》をはさんで、ゲストルームがありました」

空《そら》は、ロピンの説明《せつめい》を聞いていたが、とんがった屋根《やね》の下の六角形のような作りの部屋で、なにかが動《うご》いたような気がした。

「ロピン、下の部屋にだれかいない？　空《あ》き家《や》のはずなんだけれど、だれか見えた気がした」

かすかに、頭の後ろでジーという音がした。たぶん、ロピンがよく見るために、目のレンズの倍率《ばいりつ》を修正《しゅうせい》したのだろう。

「はい。人の影《かげ》が見えます」

「それって、まりこさんか小早川博士《こばやかわはくし》のゆうれいじゃない?」

「ゆうれいなんて、そんなことはありません」

「ロピンがたずねてきたから、きっと出てきたんだよ」

「いえ、ちがいます。影《かげ》の動《うご》きを合成《ごうせい》すると、ゆうれいではありません。ペットボトルの水を飲《の》んでいるようです」

「ゆうれいが水を飲んでいるのかも。暑《あつ》いから。なんだかこわいね。行こう!」

空《そら》はまた自転車《じてんしゃ》をこいで、川の方にむかった。坂道《さかみち》をくだっていく。

「ロピン、雲取川《くもとりがわ》だよ」

「はい。川がきらきら光っています」

川沿《かわぞ》いには、遊歩道《ゆうほどう》がある。そこで空《そら》は、自転車をおりて、おしながら歩いた。ロピンにいろんなものを見せたいと、空《そら》は思った。風に木立がゆれると、サワサワと音をたてること。足もとには、名まえも知らない小さな花がさいていること。虫がいたり、チョウがいたりすること。暑いときには汗《あせ》が出て、のどがかわくこと。ロピンに見てほしいと思うと、今まで見すごしてきたちっぽけなものや、なんでもないものが、急《きゅう》に美《うつく》しかったり、不思議《ふしぎ》だったり、いとおしいものに見えてきた。だんだん空の色が変《か》わってくる。つくづく不思議だ。白い月が見える。川だってそうだ。毎日毎日、朝も昼も夜も、流《なが》れている。それも、ずうっと昔《むかし》からだ。

「ロピン、気がつかなかったけれど、不思議なことっていっぱいあるね」

「はい。不思議なことはたくさんあります」

空《そら》は、ロピンも自分も、不思議なもののように思えてきた。ロピンのことを好《す》きになっている自分も、不思議のひとつだった。

自転車《じてんしゃ》をおしていくと、前から犬をつれた小村翔君《こむらしょうくん》が歩いてきた。

「アッ！　空君《そらくん》」

同じクラスの翔君は、犬のリードをひっぱって立ちどまった。ちょっと前だったら、だれとも顔を合わせるのがいやで、うつむいてしまっただろう。でも空《そら》は、すんなりと翔君の顔を見ることができた。

「なにしてんの？」

と、翔君《しょうくん》がきいた。

「うん、さんぽ」

「ぼくも」

サワサワと風がふいて、あたたまった体をほんの少しひやしてくれた。

「じゃあ、またね、空君《そらくん》」

「うん、また」

二人はわかれて、歩きだした。十歩ぐらい歩いたところで、空《そら》はふりかえった。すると、ちょうど翔君もふりかえったところだった。エヘヘッという感《かん》じで笑《わら》った翔君が、首をすくめた。それから、手をふった。空《そら》も手をふった。

また、すずしい風がサーッとふいてきた。翔君と話ができたのは、ロピンがいたからかもしれないと、空《そら》は思った。自分でも、ロピンと出会って変《か》わった気がする。人と会うことが、前ほどこわくはなくなったのかもしれなかった。

夕やけが赤くなったのを、ロピンに見せることができたのも、うれしかった。

帰ってきて、リュックからロピンを出してやると、ダンスでもおどるように、リズミカルに歩いていたのに、すってんとずっこけた。すぐに立ち上がって、また歩きだすが、またすってん。それが、二度三度《ど》とつづいた。

「ロピン、どうした。長くリュックに入っていたから、調子悪《ちょうしわる》くなったのかなあ」

動《うご》いていた左手も、なんとなくぎこちない。

「ダイジョーブデショウ」

と、大丈夫《だいじょうぶ》ではなさそうに返事《へんじ》した。

そうしていると、ベッドの上のかべに、急《きゅう》に映像《えいぞう》があらわれた。もちろん、ロピンの目から映《うつ》し出された映像だった。

小早川博士《こばやかわはくし》が、とぎれとぎれにプツプツという感《かん》じで映ったが、まもなく、画面《がめん》が安定《あんてい》した。ノイズもおさまると、博士の声がわかるようになった。

「予備《よび》バッテリーのため、不具合《ふぐあい》が生じています。マザーピースの下にあるセンターチップを交換《こうかん》してください。センターチップは、書斎《しょさい》のかくし金庫《きんこ》に保存《ほぞん》してあります。かくし金庫の場所《ばしょ》はここです」

書斎《しょさい》が映《うつ》し出され、かべの中にある金庫《きんこ》のあけ方が説明《せつめい》された。

その次《つぎ》には、センターチップの交換《こうかん》の手順《てじゅん》を説明《せつめい》し、突然《とつぜん》に画面《がめん》は消《き》えた。そのとたんロピンは、左手を大きくふって、宙返《ちゅうがえ》りするようにひっくりかえった。そして、たおれたまま、ギシギシ手足を動《うご》かした。

「おい、ロピン、大丈夫《だいじょうぶ》かよ。しっかりしろよ」

といいながら、空《そら》はロピンをだきあげた。腕《うで》の中でも、ギシギシいう。左の方の目のブルーが、パチパチと、ときどき点滅《てんめつ》した。

「ゴサドウ、ゴサドウ」

と、ロピンがいった。

「どうしちゃったんだよ、ロピン」

空《そら》は思わず、ロピンにほおずりした。つるっとしたロピンのほっぺは、少し熱《ねつ》を持《も》っているようだった。

「大丈夫だよ。ぼくがたすけてやるよ。あした、センターチップというのを、さがしに行こう。きっと見つかるよ。ぼくが直してやるからな」

「ハイ」

「心配《しんぱい》すんな。博士《はくし》はこうなると予測《よそく》していたんだよ。だから、映像《えいぞう》を残《のこ》していたんだ。センターチップを交換《こうかん》すれば、またすぐ元気になる」

そうはいったものの、空《そら》は急《きゅう》に心配になってきた。もし直らなかったら、どうしよう。ロピンと話ができなくなってしまう。ロピンが動《うご》かなくなってしまう。そう考えると息《いき》がつまった。

夜中に空《そら》は、サイレンの音で目がさめた。消防自動車《しょうぼうじどうしゃ》だ。だんだんサイレンは大きくなり、家の方に近づいてくるようだった。それも一台ではない。サイレンは、次々《つぎつぎ》わいてくるように、あとからあとからつづいてやってきた。サイレンの音が、わんわんうずまいている。ベッドから飛《と》びおりると、下の階《かい》からお母さんの緊張《きんちょう》した声がひびいた。

「空《そら》、起《お》きて！　火事《かじ》よ。ご近所《きんじょ》が火事よ。起きて！」

空《そら》は、窓《まど》のカーテンをあけた。東の方の空がボーッと明るく、真夜中《まよなか》だというのに、黒煙《こくえん》がもくもくあがっているのがわかった。けっこう近くだった。遠くの方からサイレンをひびかせ、また一台、消防自動車《しょうぼうじどうしゃ》がこちらにむかってきていた。

「空《そら》、下へおりてらっしゃい。早く早く」

お母さんがピリピリした声でさけんでいる。

リビングに行くと、ようすを見に行ったお父さんが、ちょうど帰ってきた。

「小早川《こばやかわ》さん家《ち》が燃《も》えているよ。空き家《あきや》のはずなのに」

「小早川さん家《ち》？　すぐ近くじゃない、どうしましょう」

「逃《に》げる準備《じゅんび》だけしておいた方がいいな。空《そら》、着《き》がえておけ。もう一度《ど》、見てくる」

お父さんはまた、玄関《げんかん》を飛《と》び出していった。

「空《そら》、早く着がえて！」

そういうと、お母さんも寝室《しんしつ》にもどっていった。

空《そら》はびっくりして、なにがなんだかわからなくなっていたが、着がえをするために階段《かいだん》をのぼっているときに気がついた。

「アッ！　ロピンのセンターチップ！」

空《そら》は自分の部屋《へや》にかけこむと、着がえながらロピンにいった。

「大変《たいへん》だ、ロピン。小早川《こばやかわ》さんの家が火事《かじ》なんだ。センターチップが……」

と、みなまでいわないうちに、机《つくえ》のわきに立っていたロピンが、猛《もう》スピードで動《うご》きだした。帰ってきたときは誤作動《ごさどう》していたはずなのに、ロピンは階段《かいだん》をおり、玄関《げんかん》の取《と》っ手《て》にジャンプしてぶらさがると、体をゆすってドアをあけた。空《そら》もいそいで着《き》がえて下におりてみると、ロピンは玄関を出ていくところだった。

「ロピン！　どこ行くの！」

空《そら》もロピンのあとを追《お》った。

小早川さん家《ち》が近づいてくると、やじ馬で人だかりがしていた。

小早川さんの家は、二階《かい》の窓《まど》から炎《ほのお》があふれ、赤い炎が屋根《やね》をなめていた。火柱《ひばしら》が立つ。無数《むすう》の火《ひ》の粉《こ》が、夜空にのぼる。炎の竜《りゅう》が体をくねらせて、夜空をかけのぼるようだった。何台もの消防車《しょうぼうしゃ》が放水《ほうすい》をはじめていたが、炎の竜のいきおいは、おとろえない。

その中を、ロピンが家の中にむかって走っていくのが見えた。

「ロピン、やめろ！」

一度《ど》、ロピンは立ちどまって、さけんだ空《そら》の方をふりかえった。ロピンのブルーの目が、空《そら》を見た。空《そら》もロピンを見た。

「もうだめだ。ロピン、行くな！」

空《そら》はさけんだ。ロピンはその声を聞くと、決心《けっしん》したように向《む》きをかえ、燃《も》えたつ家の中にかけこんでいった。センターチップを取《と》りに行ったのだろう。

すぐに炎《ほのお》は家全体《ぜんたい》にまわり、あたりを昼のように明るく照《て》らした。熱《ねつ》までつたわってくるようだった。

「ロピン！　ロピン！」

さけぶことしか、空《そら》にはできなかった。とんがった屋根《やね》が落《お》ち、しばらくすると、火のいきおいはだんだんおさまってきた。そして、炎が消《き》えた。

ロピンは帰ってこなかった。

数日後には、火事《かじ》の原因《げんいん》が判明《はんめい》した。家に入りこんだホームレスの男の火の不始末《ふしまつ》によるものだった。それからもうひとつ、見つかったものがある。小さなロボットの

郵便はがき

料金受取人払郵便

牛込局承認

8554

差出有効期間
2018年11月30日
（期間後は切手を
おはりください。）

162-8790

東京都新宿区市谷砂土原町 3-5

偕成社 愛読者係 行

ご住所	〒□□□-□□□□ 都・道 府・県	
	フリガナ	
お名前	フリガナ	お電話
ご希望の方には、小社の目録をお送りします。 ［希望する・希望しない］		

本のご注文はこちらのはがきをご利用ください

ご注文の本は、宅急便により、代金引換にて１週間前後でお手元にお届けいたしま
本の配達時に、【合計定価（税込）＋代引手数料 300 円＋送料（合計定価 1500 円
上は無料、1500 円未満は 300 円)】を現金でお支払いください。

書名		本体価	円	冊数	
書名		本体価	円	冊数	
書名		本体価	円	冊数	

偕成社 TEL 03-3260-3221 ／ FAX 03-3260-3222 ／ E-mail sales@kaiseisha.co.jp

＊ご記入いただいた個人情報は、お問い合わせへのお返事、ご注文品の発送、目録の送付、新刊・企
どのご案内以外の目的には使用いたしません。

★ ご愛読ありがとうございます ★

今後の出版の参考のため、皆さまのご意見・ご感想をお聞かせください。

●この本の書名『　　　　　　　　　　　　　　　　』

●ご年齢（読者がお子さまの場合はお子さまの年齢）　　　　歳（ 男 ・ 女 ）

この本のことは、何でお知りになりましたか？

書店　2. 広告　3. 書評・記事　4. 人の紹介　5. 図書室・図書館　6. カタログ
ウェブサイト　8. SNS　9. その他（　　　　　　　　　　　　　　）

ご感想・ご意見・作者へのメッセージなど。

ご記入のご感想を、匿名で書籍のPRやウェブサイトの
感想欄などに使用させていただいてもよろしいですか？　〔 はい ・ いいえ 〕

＊ ご協力ありがとうございました ＊

偕成社ホームページ　http://www.kaiseisha.co.jp/　Facebookもやっています！

右手だった。なんとなく、握手《あくしゅ》を求《もと》めるようなかっこうで、手のひらをひらいている。

ロボットの片手《かたて》などは、ニュースにもならなかった。

その話を人づてに空《そら》は聞いたが、自分の右手を見ながら、ロピンの小さな右手を思い出した。

空《そら》は自転車《じてんしゃ》で、雲取川《くもとりがわ》の遊歩道《ゆうほどう》を走った。ロピンと歩いたことを思い出しながら。

そして、あのときもそうだったように、犬をつれた翔君《しょうくん》にも、ときどき会う。

◆作者《さくしゃ》より

わたしの好《す》きなお話に、『夕鶴《ゆうづる》』という作品《さくひん》があります。お百姓《ひゃくしょう》の「与《よ》ひょう」はお金に目がくらんで、女房《にょうぼう》になった「つう」に織物《おりもの》を織《お》らせます。見てはいけないと約束《やくそく》したのに、やぶってしまいます。鶴《つる》の化身《けしん》のつうは、空のかなたに去《さ》ってしまいます。

なんてせつないお話でしょうか。人はいろんな悲《かな》しみをかかえ、生きていかなければならないということかもしれません。しみじみとした美《うつく》しいお話でした。

わたしは、悲しいときは悲しむのがよいと思っています。でも、そうしたら、次《つぎ》は立ちあがって、新しい一歩をふみだすことが、もっと好きです。そのことを、わたしはふるさとの人々から教わりました。

人を好きになることは（この物語《ものがたり》ではロボットですが）、ちょっぴり自分を好きになることかもしれないと思って、この物語を書きました。

悲しみはだれにでも、いつかやってきます。

悲しんだらその次は、さあ、元気になりましょう。

影《かげ》

石井《いしい》睦美《むつみ》

1

電話はいつだって突然《とつぜん》かかってくる。

その日の九時ちょうどに、ママは「いやだわ、もう一週間、たったってこと？　見たばっかりっていう感《かん》じよね」って言いながら、食卓《しょくたく》からテレビ前のソファへと移動《いどう》して、リモコンのスイッチを入れた。パパはまだ帰ってきていなかった。

宿題《しゅくだい》はとっくにすませてしまっていたし、お風呂《ふろ》はまだわいていなかったので、わたしは時間をもてあましていた。ママといっしょにテレビを見ることはあるけれど、その日の連続《れんぞく》ドラマは見るに値《あたい》しないとわたしは思っていた。

「どうしてこれがおもしろいの？」

わたしが聞くと、

「どうなっていくかわからないところがいいのよ。恋《こい》をするようになればアミにもわかるわ」

と、ママはテレビに顔を向《む》けたままで言った。もう片時《かたとき》も目をはなせないという感じだ。

どうなっていくかは見なくてもわかる。どうせ最後《さいご》に主役級《しゅやくきゅう》のふたりが結《むす》ばれるんだから。そう思ったけど、わたしはだまっていた。ママだってそれは百も承知《しょうち》だろう。だからママはこう言うべきなのだ。「わかっていてもいいのよ」って。そう教えてあげてもよかったけれど、それもだまっていた。中一にもなれば恋《こい》くらいすんだよってことも。どうせ、いまのママになにを言ったところで、聞こえないだろうから。

わたしにも好《す》きなひとはいる。告白《こくはく》もしていないし、親友にも打《う》ち明けていない。でも、朝起《お》きると、まず頭に浮《う》かぶのは伊藤《いとう》くんのことだし、廊下《ろうか》ですれちがったりすると、音が聞こえてしまうんじゃないかと思うくらい心臓《しんぞう》がドキンとするし、夜眠《ねむ》る前に考えるのも伊藤くんのことだ。おはようからおやすみまで伊藤くんでいっぱい。これが恋でなくてなんだろう。

テレビ画面《がめん》をながめながら、わたしは伊藤くんのことを考えた。伊藤くんのことなら、いくらでも考えられる。そのとき、電話が鳴ったのだ。

「アミ、出て」

と、ママが言った。ふうん、電話のベルはちゃんと聞こえるんだ。

「いやよ。どうせママに代《か》わることになるんだから、ママが出て」

電話は鳴りつづけている。ママはテレビの音量《おんりょう》をしぼるとしぶしぶ立ちあがった。

「はい、津村《つむら》です」

このタイミングでかけてくるなんて。そう言っているみたいに聞こえる「はい、津村です」だ。そしてつぎには、さも申《もう》し訳《わけ》なさそうに「ごめんなさい、いま、ちょっと手がはなせなくて」と言うのだろう。

ところが、そうじゃなかった。

「聡《さとし》、ほんとうに聡なの？」

ママのふるえる声におどろいて、わたしは思わずママの顔を見た。顔からは血の気《ちけ》がひいていて、立っているのがやっとみたいだった。受話器《じゅわき》をにぎった手の甲《こう》に、青い血管《けっかん》が何本も浮《う》き出ている。いったいどれくらいの力で受話器をにぎりしめているのだろう。

「ママ、だいじょうぶ？」

わたしの声に、ママはかすかにうなずく。

「帰ってきた？　帰ってきたってどこに？」

ただならないいっていう感《かん》じがママの全身《ぜんしん》からあふれている。わたしはひと言も聞きもらさないように、聞き耳をたてた。

「何年になると思っているの」

「そうよ。連絡《れんらく》のとりようがなかったわ」

「あなたはいつもそうだった。まったく信《しん》じられない」

落《お》ち着《つ》きをとりもどしたママの声が、怒《おこ》っている。

さとしってだれ？　ママの昔《むかし》の恋人《こいびと》？　そうだ。きっとそう。彼《かれ》は、突然《とつぜん》、姿《すがた》を消《け》したママの恋人で、いまになってこうして電話をしてきたのだ。ママの言葉をつないで、そう推理《すいり》した。まちがいない。恋をしている人間は恋には敏感《びんかん》だからね。

「わかったわ。とにかく行くわよ」

そう言って、ママは電話を切った。わたしの胸《むね》はドキドキしていた。

「だれから？」

わたしが聞くと、ママは、

「聡《さとし》」

と、だけ答え、それだけでは足りないと思ったのか、

「ママの弟。あなたのおじさん」

と、つけたした。

「おじさん？」

そう聞いた声が裏返《うらがえ》ってしまった。

「そう。ああ、一気《いっき》に疲《つか》れた」

ママはそう言うと、ソファにすわりこんで、テレビを消《け》した。消しちゃうんだ、と思い、ああでもたしかにドラマどころではないよなと思い直した。

ママに弟がいたなんてこと、生まれてからこのかた一度《ど》も聞いたことがなかった。

もちろん会ったこともない。

わたしが五歳《さい》のときにおばあちゃんが、二年前におじいちゃんが亡《な》くなった。おば

あちゃんのときのことはよく覚《おぼ》えていないけれど、おじいちゃんが亡《な》くなったときのことはもちろんよく覚えている。

葬儀《そうぎ》のとき、おじさんはいなかった。葬儀が終《お》わって、みんなでご飯《はん》を食べながら、大おじさんや大おばさんが思い出話をさかんにしたときも、ママの小さかったころの話は出ても、おじさんのことなど、だれもなにも言わなかった。

「リオがおどろくのも無理《むり》はないわ。ママに弟がいたなんて聞かされていなかったものね」

わたしがうなずくのを待《ま》って、ママは話しだした。

「もう二十年も前のことよ。ガールフレンドが交通事故《こうつうじこ》で亡くなって、あの子、ひどいショックを受《う》けたの。大学の受験《じゅけん》が目前《もくぜん》だったから、おばあちゃんはすごく心配《しんぱい》したわ。ちゃんと試験《しけん》を受けられるだろうかって」

「受けられたの?」

ママは頭をふった。

「受けるどころか、いなくなってしまったの。もちろん、あちこちさがしたわよ。聡《さとし》まで死《し》んでしまったらって、おばあちゃんのほうがたおれてしまったわ。だからママは、話さないわけにはいかなかったの」

「なにを？」

「いなくなる前に聡《さとし》がママに話したこと。迎《むか》えに行く。そう言ったのよ。美沙《みさ》を……美沙子《みさこ》ちゃんていうのが彼女《かのじょ》の名前なんだけど……迎えに行って、連《つ》れて帰るって」

「そのひと、死《し》んじゃってるんでしょ？」

「そう。あの子は美沙子ちゃんのお葬式《そうしき》にだってちゃんと出ているのよ。数学とか物《ぶつ》理《り》とかが得意《とくい》で、ママが毎朝かかさずテレビの占《うらな》いを見ているのを鼻《はな》で笑《わら》っていたのに。非科学的《ひかがくてき》でくだらない、姉貴《あねき》はばかだなあって。それなのに急《きゅう》にあんなことを言いだして」

「連れて帰るって、おじさん、本気でそう思っていたの？」

「おじさん」と言ったとき、とても変《へん》な感《かん》じがした。「おじさん」はついさっきまで存在《そんざい》していないひとだったのだから。

「それはないんじゃない。だって」

「だって」と言ったきり、ママはだまってしまった。

「だってなに？」

「なんでもない」

なんでもないと言いはるママにしつこく食いさがって、わたしは聞きだした。おじさんが美沙子《みさこ》さんの骨《ほね》の、そのほんのひとかけらをこっそり持《も》ってきてしまったということを。

「だから、美沙ちゃんの死《し》を受《う》け入れていないはずはないの。ただ、美沙ちゃんがいない現実《げんじつ》から逃《に》げだしたかったんじゃないかと、ママは思う」

そうママは言った。

伊藤《いとう》くんが急《きゅう》に死んでしまったら、わたしはどうするだろう。そう思うだけで怖《こわ》くなった。でもわたしは、この家から出ていくなんて考えはしないだろう。ここから一歩も出られなくなることはあっても。

それとも、いてもたってもいられなくて飛《と》び出してしまうのが、ほんとうの愛情《あいじょう》なんだろうか。

「ママ、でもどうして弟がいることをだまっていたの？」

「ああいうふうないなくなり方をされると、残《のこ》された家族《かぞく》はとても傷《きず》つくのよ。ただでさえ参《まい》っているのに、ご近所《きんじょ》からも親戚《しんせき》からも、だれもかれもから腫《は》れ物《もの》にさわるみたいにあつかわれると、もっともっと参る。おじいちゃんもおばあちゃんも、そしてママも、聡《さとし》は最初《さいしょ》からいないって思うようになったの。ああそうじゃない。そういうふりをして生活するようになっただけ。聡なんて初《はじ》めからいない。だから話もしないって。そうしないことにはやっていられなかったのよ」

「そうだったんだ。ねえ、会いに行くんでしょ？　わたしも行っていい？」

「ええ、いいわよ」

ママはそう言うと、目をつぶった。つぶった目から、大粒《おおつぶ》の涙《なみだ》がいくつもこぼれた。

2

おじさんは、おじいちゃんの家、真鶴《まなづる》のママの実家《じっか》にもどってきたらしい。おじさんは何十年ぶりかで自分の家に帰ったのだ。

おじいちゃんがいなくなって、おじいちゃんの家は空《あ》き家《や》になっていた。空き家といってもからっぽじゃない。家具《かぐ》はまだほとんどそのままで、風を通すのと掃除《そうじ》のために、ママが毎月のように通っている。ときどきは、パパとわたしと三人で行く。そのたびに「家具もこの家もかたづけなくちゃいけないのよね」と、ため息《いき》をつきながらママは言っていたけど、もうその必要《ひつよう》はないかもしれない。

おじさんから電話がきた二日後の土曜日に、わたしたちはパパの運転《うんてん》する車で真鶴《まなづる》に向《む》かった。

家を出たときは晴れていたのに、途中《とちゅう》から雨が降《ふ》りはじめた。近づくにつれて雨足《あまあし》は強く、反対《はんたい》にママの口数はだんだんとへっていった。とても緊張《きんちょう》しているみたい。ママのそんな気持《きも》ちが車のなかに充満《じゅうまん》しているようで、少し息苦《いきぐる》しくなる。雨が吹《ふ》きこまないように窓《まど》ガラスを細くおろして、外気《がいき》を入れた。

雨の景色《けしき》を見ながら、いま、伊藤《いとう》くんはどうしているだろうって考える。伊藤くんのことだけを考えようとしているのに、自然《しぜん》とおじさんのことも考えてしまう。おじさんのことばかり考えてしまう。おじさんの顔さえ思い浮《う》かべることができないのに。

「おじさんって、どんなひと？」

昨日《きのう》の夜、そうわたしが聞いたら、

「聡《さとし》は」

そう言ったきり、ママはだまった。それからしばらくして、

「どんなひとなのかしら？　わからないわ。ひとつちがいで、よく知っていたつもりだったけど」

と、ママは答えた。

「ママに似《に》てる？」

「ママに？」

「うん、顔」

「そうね、昔《むかし》はよく似てるって言われたわ。でもいまはどうかしら？　だって二十年も会っていないんだもの」

そうもママは言った。

おばあちゃんもおじいちゃんもいなくなった家にもどってきたおじさんは、浦島太《うらしまた》郎《ろう》みたいだと思った。

「なんだかおれ、浦島太郎みたいだよ」

おじさんもそう言った。

でもおじさんは日に焼《や》けて、引きしまったからだつきをしていて、日のひかりのとどかない海の底《そこ》からもどってきたひとのようには見えなかった。たとえていうなら、冒険家《ぼうけんか》。そんなふうに見えた。

不思議《ふしぎ》だったのは、初《はじ》めて会ったのに、初めて会ったという気がしなかったことだ。わたしはおじさんを、昔《むかし》から知っていたように思った。

二十年ものあいだ、どこでどうしていたのかをママがいくら問《と》いつめても、おじさんは「悪《わる》いと思う。でも、いまはまだ言いたくないんだ」と答えるばかりだった。

ママがむっとした顔をして、

「話せるときがきたら話してくれるのね？　とにかくもうどこにも行かないわね」

と、問いつめると、

「どこにも行かない。近くに畑《はたけ》も借《か》りたんだよ」

と、おじさんは言った。

夜ごはんは、ママがカレーを作ってみんなで食べた。カレーを作っているあいだも、食事《しょくじ》の最中《さいちゅう》も、ママはふいに涙《なみだ》ぐんだ。カレーを食べながらママが涙ぐんだとき、おじさんはこまった顔をした。

「安心《あんしん》したんだよ」

パパがそう言うと、おじさんはもっとこまった顔をした。

「ちがうわよ、怒《おこ》っているのよ」

と、ママは言うと、おじさんはちょっと笑《わら》った。おじさんの笑う顔を初《はじ》めて見た。笑いかたが、おじいちゃんにすごく似《に》ていた。

「畑に水をまきに行くけど、見てみる?」

「いい、行かない」

ママは即座《そくざ》に、そしてつっけんどんに、おじさんに答えた。まだ怒《おこ》っているのだ。おじさんはまた少し笑《わら》った。でも、ふたりとも昨日《きのう》とは全然《ぜんぜん》ちがう。姉と弟でけんかをして、弟が姉に勝《か》ってしまった。勝つはずじゃなかったのに。そんな感《かん》じがただよっていた。

「わたし、行く」

そうさけんで、わたしはおじさんと畑《はたけ》に行った。

ならんで歩きながら、おじさんは、廃校《はいこう》になった小学校が借《か》りていた畑が空《あ》いたままになっていたのを借りたことを話してくれた。

「耕《たがや》し終《お》わって、種《たね》をまいたのが三日前」

「なんの種をまいたの?」

「小松菜《こまつな》と人参《にんじん》」

「おじさん、お百姓《ひゃくしょう》さんになるの?」

「そうだね。でもかんたんじゃないな」

と、おじさんは言った。

おじさんが耕《たがや》した畑《はたけ》はきれいな畝《うね》になっていて、いちばん奥《おく》とその手前の畝から、緑色《みどりいろ》の小さな葉《は》が出ているのがわかった。

「あっ」

「あれが小松菜《こまつな》だよ。人参《にんじん》はまだ出ていない。もう少ししたら、ナスとトマトの苗《なえ》も植《う》えるんだ」

「そのとき、手伝《てつだ》いにきていい？」

「お、たすかるなあ。じゃあ、ここに腰《こし》かけて、ちょっと待《ま》ってて」

畑のはしっこには物置《ものおき》があって、その横《よこ》にホースのつながった水道とベンチがあった。小学校で使《つか》っていたのかもしれない古い木のベンチだった。

おじさんに言われたとおり、わたしはベンチにすわって、おじさんが水をまくのを見ていた。光のかげんで、畑の上に小さな虹《にじ》ができるのが見えた。

水まきを終《お》えて、おじさんはわたしの横《よこ》にきてすわった。ならんで歩いていたときは平気《へいき》だったのに、わたしは急《きゅう》にはずかしくなって、スニーカーで足もとの土をいじった。

「あっ、影《かげ》」

と、わたしは言った。

「あ、うん。そうなんだ」

と、おじさんが言った。

地面《じめん》の上には、わたしとおじさんの影があった。わたしのにくらべておじさんの影は、とても薄《うす》い。

「すわる位置《いち》？」

と、わたしが聞くと、

「ちがう。おじさんの影はもうずっとこんなに薄いんだよ」

と、おじさんは答えた。

「えっ、どういうこと？」

「それはね、ぼくが完全《かんぜん》には生きていないからだ。もちろん、からだは普通《ふつう》に生きているんだ。でも、ぼくの一部《いちぶ》は、もうすでに死《し》んでしまっている。……こんな話、わけがわからないよね」

「ううん。少しはわかる。わたしにも好《す》きな男の子がいるから。その子が死《し》んじゃったら、わたしもそんな気持《きも》ちになると思う。ちがう?」

「そうだね」

と、おじさんは言ってから、

「でも、だからといって影《かげ》は薄《うす》くなったりはしない」

と、きっぱりと言った。

それからしばらく、わたしたちはだまりこんだ。わたしはおじさんの影を見て、おじさんはわたしを見ていた。おじさんのことを見ていないのに、おじさんがわたしをやさしい顔で見ているのがわたしにはわかった。ぽつぽつと、おじさんが話しだす。

「ぼくは、ある場所《ばしょ》を見つけだすために世界中《せかいじゅう》を旅《たび》してまわった。ある場所っていうのはつまり、あの世《よ》とつながっている場所のことだよ。美沙《みさ》を連《つ》れ帰るためにね」

「そんな場所がほんとにあるの?」

「ある。でもそれは、ここと決《き》まった場所じゃないんだ。いろんなものがうまくかさなったとき、この世とあの世を結《むす》ぶ場所が出現《しゅつげん》する」

「出現《しゅつげん》する？」

わたしは聞き返《かえ》した。

「そう。それまでなんでもなかったところが、いきなりその場所《ばしょ》になるんだよ」

「それって、今いるここもそうなるかもしれないってこと」

「そのとおりだよ。ぼくの場合《ばあい》はここじゃなかったけど。スペインの小さな村のブドウ畑《ばたけ》にかこまれた道を歩いているときだった。いきなり空が真っ赤になって、そこにあるすべてのものが同じ色に染《そ》まった。血《ち》のような赤だった。ぼくはその場に立ちつくして、その景色《けしき》をながめ、そこにいるじぶんをながめた」

おじさんはそう言うと、大きな息《いき》をひとつついて、それからまた話しだした。

「じぶんをながめるなんておかしいけど、ほかに言いようがない。手とか足とかそういうからだの一部《いちぶ》だけじゃなくて、まるで鏡《かがみ》に映《うつ》るじぶんの全身《ぜんしん》を見るように、そのとき、ぼくはぼくを見ることができた。そうやってながめたぼくは、ひどくみすぼらしく、疲《つか》れきっていた。ぼくはほんとうに疲れていたんだ」

おじさんはそう言うと、大きな息をついた。

「生きていくには食べなくてはいけないし、そのためには当然《とうぜん》お金がかかる。行く先々の町や村で、ぼくにできる仕事《しごと》を見つけてはお金をかせいだ。たとえばそこがブドウ畑《ばたけ》のひろがる村で、うまく収穫《しゅうかく》の時期《じき》にあえば、農家《のうか》に頼《たの》みこんで収穫を手伝《てつだ》わせてもらう。それで食事《しょくじ》とわずかな報酬《ほうしゅう》を得《え》る。運《うん》がよければ、そこの家の空《あ》いている部屋《へや》に泊《と》めてもらえたりもした。そしていくらかのお金ができるとまた、この世《よ》とあの世をつなぐ場所《ばしょ》をさがしまわった。ぼくの二十年はその繰《く》り返《かえ》しだった」

「おじさんは一度《ど》もうたがったことはなかったの？　その場所があることを」

「ああ、なかった。なぜなら、ぼくが弱ったり、自信《じしん》をなくしかけたりすると、ぼくの胸《むね》にかけてある美沙《みさ》の骨《ほね》が熱《あつ》くなるんだよ」

「骨が？」

「うん。美沙の骨のかけらを、ぼくはペンダントにして、いつも首にかけていたんだ。外からは見えないように服《ふく》の内側《うちがわ》に入れて。ぼくの胸にぴったりくっつくように美沙の骨はあった。いつもひんやりしている骨が、そういうとき熱くなる。かならずなんだ。大丈夫《だいじょうぶ》よ。あきらめないで。そう言っているみたいに」

おじさんの首もとを見た。でもそこにペンダントのひもは見あたらなかった。昨日《きのう》も今日も、おじさんは長そでのT《ティー》シャツを着《き》ていたから、ペンダントをかけていたら絶対《ぜったい》に気づいたはずだ。

わたしの視線《しせん》に気づいたはずなのに、おじさんはなにも言わなかった。わたしも、聞かなかった。おじさんが言わないこと、言いたくないことは聞いてはいけないと思ったから。

「だから、あきらめないでいられた。ただ、あのときまで、ぼくは、それは特定《とくてい》の場《ば》所《しょ》だと思っていた。その場所をさがしださなくちゃいけないんだって。でもそうじゃなかったんだ。いろんなものがうまくかさなったときって、さっき言っただろう」

わたしはうなずいた。

「それは、美沙《みさ》をさがしもとめるためにぼくが費《つい》やした時間、美沙がぼくを待《ま》ちつづけた時間、ぼくたちの思い、ぼくたちの試練《しれん》が積《つ》みかさなったときだったのかもしれない。そして、美沙がどんなにぼくをはげましても、ぼくがぼく自身《じしん》をはげましても、もう一歩も前に進《すす》めないと思ったときだったのかもしれない。

そのとき、あの夕焼《ゆうや》けがあらわれたんだ。ぼくはあんなに美《うつく》しくて、あんなに怖《こわ》い景色《けしき》を見たことがなかった。気がつくと、音という音がぼくのまわりから消《き》えていた。ついいましがたまで、たったひとりで歩いていても、葉《は》が風にゆれるかすかな音や鳥のさえずりは聞こえていたのに。それらが一切《いっさい》聞こえなくなった。まったくの無音《むおん》なんだ。おそろしくて、いまにも破裂《はれつ》しそうなくらい心臓《しんぞう》がバクバクしだした。そのとき、ぼくはわかったんだ。じぶんがもう一歩も前に進《すす》めないっていうことに。ここで死《し》ぬんだなとぼくは思った。それでもかまわなかった。死んで美沙《みさ》に会えるかはわからなかったけれど、いまより彼女《かのじょ》の近くに行けるだろうとは思ったから。でも、死《し》ぬ前にやりのこしたことがあるのに、ぼくは気がついた。なんだと思う?」

なにも思いつけなくて、わたしは首を横《よこ》にふった。

「美沙の骨《ほね》を飲《の》みこんだんだよ。大きな木の根本《ねもと》に腰《こし》をおろして、ペンダントから骨をはずした。骨はひんやりしてた。美沙もあきらめたんだなって思ったよ。目をとじて、ぼくは骨を飲みこむと、もうなにもすることはなかった。からだからすべての力が抜《ぬ》けて、立ちあがることもできそうになかった。できたところで、立ちあがる気なんかなかったけどね。そうしてそのまま目をとじて待《ま》った。死《し》がぼくを迎《むか》えにきてくれるのを」

おじさんの話が苦《くる》しくて、今度《こんど》はわたしが大きな息《いき》をひとつついた。

「気がつくと、ぼくの前に美沙《みさ》がいた。夢《ゆめ》を見ているんだとぼくは思った。美沙がありがとうって言った。ぼくはごめんって言った。すると美沙は、あなたはたどりついたのよっていうんだ。いまが、ここが、あの世《よ》とこの世とがつながる場所《ばしょ》だって。じゃあ、ぼくはきみを連《つ》れて帰ることができるんだね。ぼくがそう聞くと、美沙はうなずいて、でもそっくりそのままのわたしというわけじゃないって言った。まるごとのじぶんじゃないって。それに、そんな美沙を連れて帰るには、ひとつ条件《じょうけん》があるというんだ。ぼくの一部《いちぶ》をあちら側《がわ》においていくこと。そういう美沙とぼくとしてなら、ぼくたちはいっしょに帰ることができる。それでもいいの？　そう美沙は聞いた。それでいい。そうしたいってぼくは言った」

「それで？　それでどうなったの？」

「目がさめたとき、あの夕焼《ゆうや》けはもうなかった。あたりはすっかり暗《くら》くなっていた。

夢《ゆめ》を見ただけだったんだ、とぼくは思った。ぼくはすごく絶望《ぜつぼう》した。死《し》ぬことさえできなかったんだからね。でもそのとき、だれかがぼくの腕《うで》につかまった。そして、なつかしい声でぼくの名前を呼《よ》んだんだ。聡《さとし》って、はっきりと。美沙《みさ》だった。ほんとうに美沙なんだ。美沙を連《つ》れて、ぼくはその村にひとつだけあった小さな宿屋《やどや》に行った。ふたりで夜通し歩くわけにも、美沙に野宿《のじゅく》させるわけにもいかないと思って。宿屋に着《つ》くと、ちょっとこまったことが起《お》こった」

「部屋《へや》があいてなかったの？」

「いや、部屋はあいていた。それでぼくが、ベッドがふたつの部屋をひとつと頼《たの》むと、ホテルのひとがおひとりでお使《つか》いですねと言う。ふたりでと答えると、お連れのかたはあとからおいでですかって聞く。ぼくが美沙を見ると、美沙が申《もう》し訳《わけ》なさそうな顔をしてぼくを見ている。ああ、ほかの人には美沙は見えないんだ。そうぼくは思い、とてもおそくなるか、あるいはこれなくなるかもしれないと答えた。わかりました、そう言って、ホテルのひとは鍵《かぎ》をとって、ぼくを案内《あんない》してくれた。美沙もぼくの横《よこ》についてきた。そのとき、ぼくは、ホテルのひとにくらべてじぶんの影《かげ》がうんと薄《うす》くなっていることに気づいたんだ。美沙《みさ》の影《かげ》はなかった」

そう言うと、おじさんはちらりと横《よこ》をむいた。わたしがすわっているのと反対《はんたい》のほうを。

「こんにちは」

おじさんのとなりにいるはずのひとにむかって、わたしはそう言った。

「こんにちは」

小さなやさしい声が、そう言ったように聞こえた。

◆作者《さくしゃ》より

奥《おく》さんと死《し》に別《わか》れた旦那《だんな》さんが、黄泉《よみ》の国（あの世《よ》）まで迎《むか》えにいくという話が、『古事記《こじき》』と『ギリシャ神話《しんわ》』のどちらにもあります。奥さんがこの世にもどるための条件《じょうけん》もおどろくほど似《に》ています。それは、地上に出るまで奥さんの姿《すがた》を見てはいけないということ。けれど、『古事記』のイザナギは待《ま》ちきれずに扉《とびら》をあけてしまうし、『ギリシャ神話』のオルフェウスは、奥さんがついてきているのか不安《ふあん》になって、後ろを振《ふ》り返《かえ》ってしまうのです。結局《けっきょく》、死者《ししゃ》をよみがえらせることはできずにお話は終《お》わります。

死は、どんな方法《ほうほう》でもくつがえすことができません。たとえ神《かみ》さまであっても、それは無理《むり》なのですね。でも、愛《あい》するひと、大切《たいせつ》なひとを失《うしな》ったら、連《つ》れもどさずにはいられないのだとわたしも思います。いつまでも、そのひとの存在《そんざい》を感《かん》じてもいたいでしょう。そんな思いから、「影《かげ》」という作品《さくひん》を書きました。

迷宮《めいきゅう》の王子

三田誠広《みたまさひろ》

遠い昔《むかし》、ヒマラヤのふもとの王国には、不思議《ふしぎ》な伝説《でんせつ》がつたえられていた。夏でも雪でおおわれた山奥《やまおく》に、インドラ神《しん》の宮殿《きゅうでん》があって、その地下には、一度《ど》入りこむと二度と出ることのできない迷宮《めいきゅう》があるのだという。人々はどうにもわけのわからない難問《なんもん》に出会うと、まるでインドラの迷宮のようだと話し合った。

王国には、ズーラと呼《よ》ばれる大王がいた。勇猛果敢《ゆうもうかかん》な王で、ガンジス河《がわ》の上流《じょうりゅう》の広大な地域《ちいき》を支配《しはい》していた。

しかし王国には、大王の権威《けんい》にも劣《おと》らぬほどの力をもった商人《しょうにん》がいた。ハスティパカという名のその商人は、ガンジスの水運《すいうん》を一手《いって》に支配していた。豊《ゆた》かな水田地帯《すいでんちたい》から米をはこび、山岳《さんがく》地帯からチーズやバターをはこび、各地《かくち》の名産《めいさん》を全《ぜん》国《こく》にはこんでいた。その資産《しさん》は王国の経済《けいざい》の支《ささ》えともなっていた。大王はハスティパカを、王国の首席大臣《しゅせきだいじん》に任命《にんめい》した。

ハスティパカは宮殿のような館《やかた》に住《す》んでいた。その広大な庭《にわ》には小さな神殿《しんでん》があった。ハスティパカは毎日、神殿《しんでん》で祈《いの》りをささげた。すべてを思いどおりにはこんでいたハスティパカにも、ただ一つ、悩《なや》みがあった。その地方では王や大商人《だいしょうにん》が何人も妻《つま》をもつことはあたりまえだったが、ハスティパカは二人しか妻をもたなかった。二人を愛《あい》していたからだ。しかし二人には子どもがなかった。ハスティパカには、あとつぎになる男児《だんじ》も、皇太子《こうたいし》に嫁《とつ》がせる女児《じょじ》もいなかった。

ある夜のことだ。ハスティパカの夢《ゆめ》の中に、琵琶《びわ》をかかえたサラスヴァティーという女神《めがみ》があらわれて、ハスティパカに語りかけた。

インドラの愛を受《う》けた商人ハスティパカよ。そなたは庭《にわ》に神殿をきずいて、神々《かみがみ》によくつかえた。それゆえに幸運《こううん》に恵《めぐ》まれて、そなたの商売《しょうばい》は栄《さか》えた。されどもそなたの心のうちには、おごりたかぶる気持《きも》ちがある。そなたがもつ富《とみ》のすべては、自分の才覚《さいかく》と努力《どりょく》によって得《え》られたと、そなたは思っているのではないか。そのために神に感謝《かんしゃ》するところが少なく、また富をひとりじめにして貧《まず》しい人々へのほどこしをおこたっている。いずれそなたは神の恵みで子どもをさずかるだろうが、心を入れかえて神と民《たみ》につくす気持ちがなければ、いつの日か、そなたに災難《さいなん》がふりかかる。すべてがそなたの思いどおりにいかぬことを、身《み》をもって知ることになるだろう……。

目が覚《さ》めたハスティパカは、女神《めがみ》の予言《よげん》に、不安《ふあん》を覚《おぼ》えた。けれどもほどなく、二人の妻《つま》がそれぞれに、男児《だんじ》と女児《じょじ》を生んだ。母はちがっていても、まるで双児《ふたご》のように、男児と女児はよく似《に》ていた。二人とも、神《かみ》の化身《けしん》かと思われるほどに、美《うつく》しい顔立ちをしていた。ハスティパカは大いに喜《よろこ》び、自分は神に祝福《しゅくふく》されていると確信《かくしん》した。女神の予言のことは忘《わす》れてしまった。

このことで、ハスティパカはのちに、はげしく後悔《こうかい》することになるのだが。

神の恵《めぐ》みによって生まれた男児はジェナ、女児はカンドリカと名づけられた。

やがてハスティパカの邸宅《ていたく》の広大な庭《にわ》を、馬に乗《の》ってかけていく男児の姿《すがた》が見られるようになった。

王国の軍隊《ぐんたい》の隊長《たいちょう》をつとめる勇者《ゆうしゃ》アズバーサが呼《よ》ばれ、武術《ぶじゅつ》の指導《しどう》にあたった。

ジェナは腕《うで》をあげ、少年たちが参加《さんか》する大王主催《しゅさい》の武術大会に出場することになった。

大会には皇太子《こうたいし》シンドラも出場していた。シンドラは大王に似て体つきもたくましく、きたえられた技《わざ》で勝利《しょうり》をかさねた。

小柄《こがら》なジェナは、まるで少女のような愛《あい》らしい顔立ちだったが、身《み》のこなしが軽《かろ》やかで、自分よりも大きな相手《あいて》を次々《つぎつぎ》にたおした。

決勝戦《けっしょうせん》は、ジェナと皇太子《こうたいし》の対戦《たいせん》となった。はげしい技のぶつかりあいがあって、勝負《しょうぶ》の決着《けっちゃく》はつかなかった。皇太子シンドラは、力強く木剣《ぼっけん》をふるってジェナを追《お》いつめたが、ジェナはするりと身をかわし、高く跳躍《ちょうやく》して木剣をふりおろし、皇太子をおどろかせた。勝負のつかぬままに時がながれた。

審判《しんぱん》をつとめていた勇者《ゆうしゃ》アズバーサが割《わ》って入った。

「お待《ま》ちください。剣をおろされますように。お二人の技は互角《ごかく》と思われます。長く闘《たたか》えばどちらかが傷《きず》つきましょう。この勝負、引き分けといたします」

ジェナは木剣を半《なか》ばおろしたまま、まだ闘いたそうなようすを見せていたが、皇太子はいさぎよく木剣をおろして、さわやかな声でいった。

「ハスティパカの子ジェナよ。見事《みごと》な技だ。皇太子のわたしにかなう者《もの》はないと思っていたが、ジェナよ、そなたはまだ年少だ。いずれは、わたしをしのぐ勇者となるだろう」

そういってから、皇太子《こうたいし》シンドラは、観客席《かんきゃくせき》の大王に向《む》かっていった。

「父よ、このジェナは国の守《まも》りのかなめとなる勇者《ゆうしゃ》でございます。どうかジェナを軍《ぐん》事大臣《じだいじん》に任《にん》じられますよう、お願《ねが》いいたします」

そのようにして、ジェナはまだ少年だったが、王国の軍事大臣に任じられることになった。

武術《ぶじゅつ》大会のようすを、観客席《かんきゃくせき》のすみから見守《みまも》っていた者《もの》がいる。

皇太子の弟の、カッチャパ王子だった。

カッチャパ王子は気がやさしく、武術《ぶじゅつ》は得意《とくい》ではなかった。まだ少年のころから女《にょ》官《かん》たちを追《お》いまわし、自作の愛《あい》の歌を聞かせた。王子の歌は女官たちに喜《よろこ》ばれた。美《うつく》しい姿《すがた》をしたカッチャパ王子は、つねに女官たちにかこまれていた。

それでも、カッチャパ王子は気持《きも》ちがしずみこみ、さびしさをおぼえていた。

歌の女神《めがみ》よ、わたしはあなたから
傷《きず》つきやすい心をさずかり
多くの言葉《ことば》をあたえられたが
言葉にはあらわせぬ悲《かな》しみが
わたしの胸《むね》をおおっている
この悲しみはどこまでつづくのか
歌の女神、サラスヴァティーよ
わたしに真実《しんじつ》の愛《あい》を与《あた》えたまえ

カッチャパ王子は、ぼんやりと、もの思いにふけっていた。

周囲《しゅうい》の女たちの一人が声をかけた。

「王子よ。あなたさまはなぜ、武術《ぶじゅつ》の大会に出場されないのですか」

王子が答えるよりも先に、まわりの女たちから笑《わら》い声《ごえ》が起《お》こった。

カッチャパ王子が武術を得意《とくい》としないことは、だれもが知っていた。歌や踊《おど》りはだれよりもすぐれていたが、争《あらそ》うことはきらいだった。ひなたに出ることも少なく、王《おう》宮《きゅう》の長椅子《ながいす》に寝《ね》そべっていることが多かった。

カッチャパ王子は武術《ぶじゅつ》のようすなど見ていなかったのだが、決勝戦《けっしょうせん》になると、さすがに身《み》を乗《の》り出すようにして闘《たたか》いのようすを見つめた。

兄の皇太子《こうたいし》と、首席大臣《しゅせきだいじん》の子息《しそく》だという少年が対決《たいけつ》していた。

その少年の姿《すがた》に、強くひかれた。

身のこなしが軽々《かるがる》として、剣《けん》をふるう姿《すがた》がさわやかだった。遠目なので顔がはっきり見えるわけではなかったが、それでも姿全体《ぜんたい》に美《うつく》しさがあふれだしていた。

少年には妹がいると聞いていた。人とまじわるのがきらいで、外に出ることもなく、大臣の館《やかた》から一歩も出ないということであったが、あの少年の妹ならば、国で一番の美しさであろうと思われた。

その妹と会いたい、とカッチャパ王子は思った。

カッチャパ王子がいつものように女たちにかこまれながら、王宮の長椅子にだらしなく寝《ね》そべっていると、兄の皇太子《こうたいし》シンドラが通りかかっていった。

「いつもそんなふうに寝そべっているのだな。おまえも王族《おうぞく》ならば、王国のために働《はたら》いたらどうだ。父ぎみに頼《たの》んで、おまえに役職《やくしょく》を与《あた》えてやろう」

大王の命令《めいれい》で、カッチャパ王子は軍隊《ぐんたい》を管理《かんり》する軍事副大臣《ぐんじふくだいじん》に任《にん》じられた。しかたなくカッチャパ王子は、軍隊の本部《ほんぶ》におもむいた。

そこには上役《うわやく》の、軍事大臣《ぐんじだいじん》のジェナがいた。武術大会《ぶじゅつ》で皇太子と引き分けた、あの美《うつく》しい少年だった。

間近で見るジェナの顔は、目をみはるほどに美しかった。目つきに力があり、くちびるが赤く、ほおもほんのりと赤くそまっていた。武術の達人《たつじん》だったが、体つきは小さく、表情《ひょうじょう》にもやさしさがあった。

カッチャパ王子は胸《むね》をときめかせた。息《いき》が苦《くる》しいほどだった。

この息ぐるしさは何だろう、と王子は心の中で考えた。まだ見ぬジェナの妹への恋《こい》心《ごころ》だろうか。うわさでは、妹のカンドリカは、兄のジェナに双児《ふたご》のようによく似《に》ているのだという。この美しい兄とそっくりだとしたら、たぐいまれな美少女《びしょうじょ》にちがいない。まだ会ったこともないカンドリカに、王子は心をうばわれてしまったのかもしれなかった。

王城《おうじょう》から少しはなれたところに、小高い丘《おか》があった。

周囲《しゅうい》の平原《へいげん》を見わたせる場所《ばしょ》で、そこに見張《みは》りのための砦《とりで》があった。背後《はいご》には、真《ま》夏《なつ》でも白い雪を宿《やど》すヒマラヤの峰《みね》が、空の高みに長くのびていた。

大王ズーラの権威《けんい》はガンジス河《がわ》のすみずみにまで行きわたっていたから、戦《いくさ》は起《お》こらなかった。それでも軍事訓練《ぐんじくんれん》をおこたるわけにはいかない。

隊長《たいちょう》の勇者《ゆうしゃ》アズバーサの指揮《しき》のもとに、丘のふもとで訓練がつづいていた。大臣《だいじん》と副大臣《ふくだいじん》は、丘の上から、訓練のようすを見おろしていた。

大臣のジェナと副大臣のカッチャパ王子は、いつもいっしょにいた。それが職務《しょくむ》であるから当然《とうぜん》のことだ。年齢《ねんれい》は王子の方が上だが、武術《ぶじゅつ》にすぐれたジェナはだれからも尊敬《そんけい》されていた。王子も、ジェナときそうつもりはなかった。

よく晴れた日だった。陽《ひ》ざしをさえぎるもののない丘の上は、熱気《ねっき》につつまれていた。たえがたい暑《あつ》さに、カッチャパ王子は着《き》ていた衣《ころも》の胸《むね》をはだけ、大きく息《いき》をついていた。

平原《へいげん》では勇者《ゆうしゃ》アズバーサの号令《ごうれい》のもとに、隊列《たいれつ》を組んだ兵士《へいし》たちが整然《せいぜん》と行進《こうしん》していた。その見事《みごと》な動《うご》きに、カッチャパ王子は思わず声をあげた。

「見事なものですね。さすがにアズバーサがきたえた兵士たちは、いささかも乱《みだ》れることなく動いていきますすね」

そういってカッチャパ王子は同意《どうい》を求《もと》めるように、かたわらのジェナ大臣《だいじん》をかえりみた。

王子は息をのんだ。

陽《ひ》の光がジェナの姿《すがた》を照《て》らしていた。熱気《ねっき》のために、ジェナのほおは赤く色づき、汗《あせ》ばんでいた。あまりの暑さに、ジェナもわずかに衣の合わせ目をゆるめていた。そこから首や胸《むね》の上部《じょうぶ》が見えていた。そのあたりもわずかに赤らみ、白い肌《はだ》がいっそう輝《かがや》いて見えた。

双児《ふたご》のように似《に》ているとうわさされるジェナの妹も、このような姿をしているのだろうか……。

鼓動《こどう》がはげしくなった。息苦《いきぐる》しく、胸《むね》の奥《おく》が痛《いた》かった。

目の前に、美《うつく》しい少女がいた。妹はこんなふうに美しいのかと思っているうちに、実際《じっさい》にその美少女《びしょうじょ》が目の前にいるような気分になっていた。

思わず身《み》を乗《の》り出して、ささやきかけた。

「わたしは、あなたが好《す》きです」

少女が、おびえたような表情《ひょうじょう》を見せた。その表情を見た瞬間《しゅんかん》、もはやあとには引けないと思った。そのままの勢《いきお》いで両手《りょうて》をのばした。

ジェナは武術《ぶじゅつ》は得意《とくい》だったが、体は小さく腕力《わんりょく》は弱かった。剣《けん》も弓も手にしていなければ、無力《むりょく》だった。カッチャパ王子は、武術のたしなみはなかったが、兄の皇太子《こうたいし》と同じように、たくましい体つきをしていた。王子にだきしめられると、ジェナは身《み》動《うご》きがとれなくなった。

ジェナは悲鳴《ひめい》のような声をもらした。その声は、少年のものではなかった。

カッチャパ王子はおどろいて、ジェナの顔を見つめた。王子の手の先に、ジェナの

体があった。肩《かた》や、腰《こし》や、胸《むね》があった。

王子はあらく息《いき》をついていた。

「あなたは……」

王子の声がふるえていた。

「女の子なのですね」

ジェナは声を失《うしな》って、ただ顔をそむけるばかりだった。


翌日《よくじつ》から、ジェナは王宮《おうきゅう》にも軍隊《ぐんたい》にも、姿《すがた》を見せなくなった。病気《びょうき》だということで、父の首席大臣《しゅせきだいじん》ハスティパカの館《やかた》に引きこもっていた。

カッチャパ王子は胸を痛《いた》めていた。

ジェナの秘密《ひみつ》を知っているのは、自分だけだった。あとつぎがほしかった首席大臣は、生まれた二人の子どもが両方《りょうほう》とも女の子だったので、その一人を男の子に仕立《した》てて、勇者《ゆうしゃ》アズバーサに武術《ぶじゅつ》を習わせたのだろう。

ジェナは少女だったのだ。

自分はジェナを愛《あい》している。カッチャパ王子はハスティパカの館《やかた》の前に立って、哀《かな》しげな声で歌をうたった。

光り輝《かがや》く太陽《たいよう》の娘《むすめ》よ
そなたのまばゆい美《うつく》しさに
花は色あせ星は光を失《うしな》う
たぐいまれな輝く乙女《おとめ》よ
やがて夜のとばりが忍《しの》び寄《よ》り
娘《むすめ》は姿《すがた》を消《け》してしまった
目の前は闇《やみ》にとざされ
すべての希望《きぼう》は失われた

館の中では、ジェナが病《やまい》の床《とこ》についていた。ほんとうの名はカンドリカといった。

館の中には、女の子の姿をした兄のジェナがいて、カンドリカの看病《かんびょう》をした。

二人は双児《ふたご》のようによく似《に》ていて、双児のように仲《なか》がよかった。少女のようにやさしい心をもったジェナは、いまにも死《し》にそうな重《おも》い病《やまい》にかかったカンドリカのことを心配《しんぱい》して、自分もやつれてしまうほどに心をいためていた。

父親のハスティパカは庭《にわ》の神殿《しんでん》の前で祈《いの》りをささげた。

インドラよ、かつてわたしは男児《だんじ》と女児《じょじ》を与《あた》えたまえと祈りました。祈りは聞きとどけられ、わたしは男児と女児を得《え》ました。しかしながら、夢《ゆめ》の中にあらわれた女神《めがみ》サラスヴァティーが、わたしにはおごりたかぶるところがあり、いずれすべてが思いどおりにいかぬことを、身《み》をもって知ることになるだろうという、予言《よげん》をたまわりました。

わたしはそのことを、身をもって知ることになりました。

生まれた男児ジェナは、まるで少女のように弱々しく、人に会うことをきらい、館《やかた》の中から一歩も出ずに、女官《にょかん》たちとともにくらしておりました。女の衣装《いしょう》を好《この》み、女の遊《あそ》びごとを習い、女として成長《せいちょう》したのでございます。

それにひきかえ、女児のカンドリカは、乗馬《じょうば》を好《この》み、剣術《けんじゅつ》や弓術《きゅうじゅつ》をたしなみ、ついには男の姿《すがた》をして外に出るようになりました。館《やかた》の中の従者《じゅうしゃ》や女官《にょかん》でさえ、カンドリカがジェナで、ジェナがカンドリカだと思うようになりました。そのようにして、男児《だんじ》と女児《じょじ》が入れかわったまま、二人は成長《せいちょう》したのでございます。

やがて、カンドリカは男児として武術《ぶじゅつ》大会に出場し、そこで皇太子《こうたいし》と大王に認《みと》められて、軍事大臣《ぐんじだいじん》の任《にん》につくことになりました。

わたしは大きな罪《つみ》を犯《おか》しました。女児を男児といつわって、大臣の重責《じゅうせき》につけてしまったのでございます。

そのようないつわりごとが、世《よ》に認《みと》められるものではございませぬ。大臣の任についたカンドリカは、女であることを副大臣《ふくだいじん》に見やぶられたとのことで、自分のあやまちにおそれおののき、いまにも死《し》にそうな病《やまい》となって、寝《ね》たきりになっております。

これもすべて、わたしのおごりたかぶる気持《きも》ちから起《お》こったことでございましょう。わたしは私財《しざい》のすべてを投《な》げだして、貧《まず》しい人々にほどこしをし、また用水や道路《どうろ》をきずいて、世のため人のためにつくしたいと思います。

その夜、ハスティパカの夢《ゆめ》の中に、女神《めがみ》サラスヴァティーがあらわれた。

偉大《いだい》な商人《しょうにん》にして首席大臣《しゅせきだいじん》をつとめるハスティパカよ。おごりたかぶっていたあなたが、みずからの非《ひ》を認《みと》め、心を入れかえると誓《ちか》いました。インドラ神《しん》はかならずや、あなたにお恵《めぐ》みをもたらすことでしょう……。

翌日《よくじつ》から、ハスティパカは資産《しさん》をなげうって、人々のためにつくした。

すると、重《おも》い病《やまい》だったカンドリカが少しずつ回復《かいふく》した。

ようすを見にきた父のハスティパカに向《む》かって、涙《なみだ》をうかべながらカンドリカはいった。

「わたしはおろかにも、男のふりをして武術《ぶじゅつ》をきそい、大臣までつとめておりました。しかし、女の身《み》で軍隊《ぐんたい》をひきいるのは、たいへんに苦《くる》しいことでございました。いまはそのおろかさを知り、このまま永遠《えいえん》に身をかくしたいと思ってておりますが、父ぎみにご迷惑《めいわく》をおかけしたことを、おわびしなければなりませぬ」

これを聞いていた兄のジェナが、泣《な》きながらいった。

「わたしこそ兄の身でありながら、館《やかた》の外に出る勇気《ゆうき》がもてず、引きこもりの生活《せいかつ》をつづけてきました。妹のカンドリカがわたしのかわりに武術をきたえ、大臣という重《じゅう》責《せき》を担《にな》っておりますのに、わたしはいつまでも館《やかた》の中に身《み》をかくしておりました。これ以上《いじょう》、妹にも、父ぎみにも、ご迷惑《めいわく》をかけるわけにはいきませぬ。いまよりは心を入れかえて、男として生きたいと思います」

ジェナは、妹が武術《ぶじゅつ》を習った勇者《ゆうしゃ》アズバーサを館に招《まね》くように父に頼《たの》んだ。

館の中庭《なかにわ》で、勇者アズバーサと対面《たいめん》したジェナは、力強い声でいった。

「わたしはかつて、あなたさまに武術をきたえていただきました。しかし重《おも》い病《やまい》のために体力を失《うしな》い、武術をすっかり忘《わす》れてしまいました。もう一度《ど》、最初《さいしょ》から、わたしをきたえなおしてくださいませ」

奇妙《きみょう》なことだと、勇者アズバーサは思った。ジェナは、武術大会で皇太子《こうたいし》と引き分けるほどの、見事《みごと》な技《わざ》をもっていた。病で体力がおとろえるということはあっても、一度身に覚《おぼ》えた技を、忘れてしまうということがあるだろうか。

だが実際《じっさい》に剣《けん》を打《う》ち合わせてみると、ジェナは武術の基礎《きそ》さえ忘れているようだった。これでは軍事大臣《ぐんじだいじん》の重責《じゅうせき》はつとまらない。アズバーサは熱心《ねっしん》にジェナを指導《しどう》した。

ジェナは意欲《いよく》をもって武術にとりくんだ。かつてのジェナは、まだ少年だったが、時

が流《なが》れ、いまはたくましい若者《わかもの》になっている。アズバーサの指導《しどう》によって、ジェナはたちまち剣《けん》や、弓や、馬術《ばじゅつ》の技《わざ》を身《み》につけていった。

カッチャパ王子は王宮《おうきゅう》の中で、悲《かな》しみの日々を送《おく》っていた。思いがけず女だとわかった、あの幻《まぼろし》のような少女の姿《すがた》が、忘《わす》れられなかった。王宮の女官《にょかん》たちを見ても、心ははずまなかった。せめてもう一度《ど》、あの少女に会いたいと、そのことばかりを思っていた。

長く病《やまい》にたおれ、職務《しょくむ》を休んでいたジェナが、軍事大臣《ぐんじだいじん》の職《しょく》に復帰《ふっき》したといううわさが流れた。自分も長く職務を休んでいたカッチャパ王子は、あわてて大臣たちが会《かい》議《ぎ》をする王宮の広間にかけつけた。

そこには、元気になったジェナの姿があった。

会議中であったが、カッチャパ王子はジェナのそばにかけよっていった。

「ああ、あなたに会いたかった。わたしはあなたに恋《こい》をしております。あなたなしでは生きていけません。あなたにひと目でも会えたらと、そのことばかりを考えておりました」

ジェナは微笑《びしょう》をうかべて答えた。

「病《やまい》のために長く休んでおりました。いまは回復《かいふく》しましたので、これからは大臣《だいじん》として、王国のためにつくしたいと思います」

その声を聞いて、カッチャパ王子は身《み》をこわばらせた。低《ひく》く堂々《どうどう》とした、男の声だった。カッチャパ王子は、くいいるようにジェナの顔を見た。その顔は、美《うつく》しく、愛《あい》らしく、以前《いぜん》のままであったが、体つきは以前よりもたくましくなっていた。背《せ》ものびたような気がした。

よく見ると、ジェナの口のまわりには、男らしい黒いひげがはえていた。

カッチャパ王子は、王宮《おうきゅう》の庭《にわ》にある深《ふか》い森の中にいた。何が起《お》こったのかわからなかった。たしかに女だと思った、あの美《うつく》しい少女は、どこに消《き》えてしまったのか。もはや職務《しょくむ》につくこともできず、カッチャパ王子は毎日、森の奥《おく》をひとりさまよいつづけた。

やがて、ジェナは引退《いんたい》した父のあとを継《つ》いで、首席大臣《しゅせきだいじん》に任《にん》じられた。長く館《やかた》の中に引きこもっていた妹のカンドリカは、王宮《おうきゅう》に女官《にょかん》として出仕《しゅっし》し、たちまち皇太子《こうたいし》のお妃《きさき》となることが決《き》まった。

その結婚式《けっこんしき》の日、皇太子の弟として列席《れっせき》したカッチャパ王子は、花嫁衣装《はなよめいしょう》を着《き》たカンドリカの姿《すがた》を見た。その顔は、たしかにあの少女に似《に》ているようにも思われたが、姿は女そのもので、いかにも弱々しく、しとやかだった。男のふりをして剣《けん》をふりまわし、皇太子と引き分けるほどの武術《ぶじゅつ》を身《み》につけた、あの不思議《ふしぎ》な少女とは、似《に》ても似つかないように思われた。

あの少女は、いったいどこに消《き》えてしまったのか。あれは一瞬《いっしゅん》の幻《まぼろし》にすぎなかったのか。

カッチャパ王子はいつまでも夢《ゆめ》を見ているような気がした。

自分はインドラの迷宮《めいきゅう》に迷《まよ》いこんでしまったと思った。

どこまでも深《ふか》い迷宮の中を、カッチャパ王子はさまよいつづけていた。

◆作者《さくしゃ》より

この物語《ものがたり》は、平安時代後期《へいあんじだいこうき》に作られたとされる『とりかへばや物語』をもとにしたものです。権大納言《ごんだいなごん》（貴族《きぞく》の高官《こうかん》）の子どもが、男児《だんじ》は女の子の遊《あそ》びが好《す》きで、女児《じょじ》は男の子の遊びが好きで、そのうち完全《かんぜん》に入れかわってしまい、女児が武官《ぶかん》に、男児が女官《にょかん》になるという、ドタバタ喜劇《きげき》を描《えが》いています。結局《けっきょく》、男の子みたいだった女児がおしとやかな女官となり、女の子みたいだった男児がりっぱな武官になって、めでたしめでたしとなるのですが、武官であったころの女児に恋《こい》した「宮《みや》の宰相《さいしょう》」という人物《じんぶつ》が、最後《さいご》までわけがわからず困惑《こんわく》するところが、おもしろく書かれています。男と女というのがテーマですので、少しきわどい場面《ばめん》もあります。

この作品《さくひん》では舞台《ぶたい》を古代《こだい》インドにうつし、格調高《かくちょうたか》く描《えが》きました。いまは歌舞伎《かぶき》やタカラヅカなど、男が女になり、女が男になることはめずらしくない時代ですが、幻《まぼろし》の女性《じょせい》に恋してしまった王子さまの悲劇《ひげき》を、少し同情《どうじょう》しながら、楽しんでください。

古典《こてん》への扉《とびら》

お姫《ひめ》様《さま》をあきらめて

瀧羽麻子《たきわあさこ》「すみれ」の主人公《しゅじんこう》、野花《のか》は、学校にあがる前から本が大好《だいす》きで、とりわけ、お姫様の出てくる話がお気に入りでした。彼女《かのじょ》たちは、いろいろな困難《こんなん》があっても、やがて、やさしい王子様とむすばれる……。ところが、四年生になった野花は、もう気がついてしまいました。――「お姫様なんかなれっこない」「わたしはそんなに特別《とくべつ》な人間じゃない」

幼《おさな》かった野花が読んでいたのは、たとえば、シンデレラの話でしょうか。継母《ままはは》とふたりの姉にいじめられていた娘《むすめ》が、魔法《まほう》の力によってお城《しろ》の舞踏会《ぶとうかい》に行き、王子様と出会います。これは、ヨーロッパや中国に伝《つた》わる口伝《くちづた》えの昔話《むかしばなし》ですが、フランスのシャルル・ペローやドイツのグリム兄弟が文字にしています。岩波少年文庫《いわなみしょうねんぶんこ》の『ペロー童話集《どうわしゅう》』（天沢《あまざわ》退二郎訳《たいじろうやく》）には「サンドリヨン　または小さなガラスの靴《くつ》」として、同文庫の『グリム童話集』（佐々木田鶴子訳《ささきたづこやく》）には「灰《はい》かぶり」の題《だい》でおさめられています。ねるベッドもない娘は、かまどのそばの温《あたた》かい灰の上でねていたのでした。野花があきらめたお姫様の話をあらためて読んでみるのも、おもしろいはずです。

最上一平《もがみいっぺい》**「ロピンと握手**《あくしゅ》**」**は、好《す》きになったものと別《わか》れる、せつない話です。作者《さくしゃ》は、「夕鶴《ゆうづる》」にこの物語《ものがたり》をかさねています。「夕鶴」は、劇作家《げきさっか》の木下順二《きのしたじゅんじ》が昔話《むかしばなし》「鶴女房《つるにょうぼう》」（「鶴の恩返《おんがえ》し」）をもとに書いた戯曲《ぎきょく》です。木下は、昔話をもとにした戯曲をいくつも書いています。新潮文庫《しんちょうぶんこ》の『夕鶴・彦市《ひこいち》ばなし』などで読んでみてください。

石井睦美《いしいむつみ》**「影**《かげ》**」**は、ギリシア神話《しんわ》のオルペウスとエウリュディケの話や、『古事記《こじき》』のイザナキノミコトとイザナミノミコトの話を思い出させます。愛《あい》する人を追《お》いかけて、死《し》者《しゃ》の国をおとずれる男の物語です。石井桃子《いしいももこ》編《へん》・訳《やく》の『ギリシア神話』（のら書店）や、橋本治《はしもとおさむ》著《ちょ》の『古事記《こじき》』（講談社《こうだんしゃ》）などで読むことができます。

最後《さいご》の、**三田誠広**《みたまさひろ》**「迷宮**《めいきゅう》**の王子」**は、日本の古典《こてん》文学で平安時代後期《へいあんじだいこうき》に書かれたらしい『とりかえばや物語』をもとに、舞台《ぶたい》を古代《こだい》インドにうつして描《えが》かれました。「迷宮の王子」にも『とりかえばや物語』にも、男性《だんせい》として生きようとする少女が描かれていて、女《じょ》性《せい》として生きることとは何か、男性として生きるというのはどういうことかと考えさせられます。田辺聖子《たなべせいこ》著《ちょ》『とりかえばや物語』（講談社）がおすすめです。巻頭《かんとう》の「すみれ」の主人公《しゅじんこう》が、もし、図書室で『とりかえばや物語』を手にとったら、どんなふうに読むのでしょうか。

（児童文学研究者《じどうぶんがくけんきゅうしゃ》　宮川健郎《みやかわたけお》）

作者

瀧羽麻子

（たきわ　あさこ）

兵庫県出身。『うさぎパン』でダ・ヴィンチ文学賞大賞受賞。著書に『左京区七夕通東入ル』『左京区恋月橋渡ル』『ぱりぱり』『サンティアゴの東　渋谷の西』『ふたり姉妹』『失恋天国』『ハローサヨコ、きみの技術に敬服するよ』『松ノ内家の居候』など。

最上一平

（もがみ　いっぺい）

山形県出身。『銀のうさぎ』で日本児童文学者協会新人賞、『ぬくい山のきつね』で日本児童文学者協会賞・新美南吉児童文学賞、『じぶんの木』でひろすけ童話賞受賞。著書に『ゆっくり大きくなればいい』『山からの伝言』『こころのともってどんなとも』など。

石井睦美

（いしい　むつみ）

神奈川県出身。『五月のはじめ、日曜日の朝』で新美南吉児童文学賞、『皿と紙ひこうき』で日本児童文学者協会賞、訳書『ジャックのあたらしいヨット』で産経児童出版文化賞大賞受賞。著書に『鮎はママの子』『わたしちゃん』『すみれちゃん』シリーズなど。

三田誠広

（みた　まさひろ）

大阪府出身。『僕って何』で芥川賞受賞。著書に『海の王子』『青い目の王子』『春のソナタ』『いちご同盟』『永遠の放課後』『偉大な罪人の生涯――続カラマーゾフの兄弟』『親鸞』『日蓮』『空海』など。翻訳書に『星の王子さま』がある。

画家

スカイエマ

神奈川県出身。イラストレーター。児童書・一般書の装画や挿絵、新聞・雑誌の挿絵などを手がける。主な作品に『ひかる！』シリーズ、『光車よ、まわれ！』『ぼくとあいつのラストラン』『林業少年』『青い海の宇宙港』（全２冊）など。

装丁・本文デザイン　鷹鶺《たかのはし》麻衣子
編集協力　宮田庸子

古典から生まれた新しい物語＊恋の話
迷宮の王子

発　行　2017年2月　初版1刷
編　者　日本児童文学者協会
画　家　スカイエマ
発行者　今村正樹
発行所　株式会社偕成社《かいせいしゃ》
〒162-8450　東京都新宿区市谷砂土原町3-5
TEL.03-3260-3221（販売部）　03-3260-3229（編集部）
http://www.kaiseisha.co.jp/
印　刷　三美印刷株式会社
小宮山印刷株式会社
製　本　株式会社 常川製本

NDC913　118p.　20cm　ISBN978-4-03-539610-9

時間をめぐる五つのお話

第一期

5分間の物語
1時間の物語
1日の物語
3日間の物語
1週間の物語

第二期

5分間だけの彼氏
おいしい1時間
消えた1日をさがして
3日で咲く花
1週間後にオレをふってください

日本児童文学者協会 編

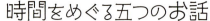